D1026892

Friedrich Ani

SÜDEN UND DAS GELÖBNIS DES GEFALLENEN ENGELS

Roman

Knaur

Besuchen Sie uns im Internet:
www.knaur.de

An einem Sonntag im Juli, an dem es plötzlich für einige Minuten vollkommen still in der Wohnung war, drehte er den Kopf und sah seine Frau, wie sie bemüht war, mit dem Teetablett nicht gegen den Türrahmen zu stoßen. Diesen Ablick ertrug er nicht.

1

Die Frau, die mir die Tür öffnete, kam mir winzig vor. Ich schaute auf sie hinunter wie auf ein Kind. Sie legte den Kopf in den Nacken.

Sie trug ein schwarzes Kleid mit weißem Spitzenkragen. Und feste schwarze Schuhe. Sie mochte Mitte fünfzig sein.

»Wer sind Sie?«, fragte sie.

»Wir haben telefoniert.«

»Sie sind Tabor Süden?«

»Glauben Sie mir nicht?

»Zeigen Sie mal Ihren Ausweis!«

Ich gab ihr eine Visitenkarte.

»Was soll das denn?«, sagte die Frau, nachdem sie sich die kleine Karte dicht vor die Augen gehalten hatte.

Manchmal war ich übermütig.

»Haben Sie keinen richtigen Ausweis? So eine Karte kann ja jeder drucken!«

Ich zog den blauen Ausweis aus der Tasche.

»Müssen die nicht grün sein?«, sagte die Frau.

Ich sagte: »Die Farbe wurde modernisiert.«

»Darauf sehen Sie aber anders aus«, sagte die Frau.

»Sind Sie Frau Grauke?«

»Sie haben doch bei mir geklingelt! Sind Sie betrunken?«

»Nein.«

»Wie viel haben Sie getrunken? Geben Sies zu, ich hab Verständnis für Säufer, mein Mann ist auch einer.«

»Nur Kaffee und Mineralwasser«, sagte ich.

Es war heiß. Mindestens achtundzwanzig Grad. Die Sonne schien mir direkt auf den Hinterkopf.

»Dann kommen Sie endlich rein!«, sagte Frau Grauke.

Wir gingen durch den nach Lorbeer riechenden Flur. Auf dem Tisch im Wohnzimmer standen drei Teetassen, eine Kanne und ein Teller mit Plätzchen.

»Mein Mann ist weg«, sagte Frau Grauke unvermittelt.

»Wo ist er hin?«, fragte ich. Ich wusste nicht, was mit mir los war. Schon beim Aufstehen hatte ich mich von Ute an mein Alter erinnern lassen müssen. Aus Gründen, die ich nicht verstand, war sie der Meinung, erwachsen zu sein habe etwas mit Ernsthaftigkeit zu tun, zumindest in den wesentlichen Dingen.

Ich fand, dass alles, je älter man wurde, immer weniger ernsthaft schien. Immer weniger.

»Wie bitte?«

»Was?«, sagte ich.

»Sie sind doch betrunken!«

Ich rührte mich nicht. Zuerst musterte sie meine braunen Lederstiefel. Dann kletterte ihr Blick meine speckige, an den Seiten geschnürte Lederhose hinauf. Verweilte auf meinem weißen Hemd und der Lederjacke. Schließlich starrte sie mir ins Gesicht.

»Sie müssen sich mal rasieren, Sie!«

»Ja«, sagte ich.

»Und zum Friseur müssen Sie auch!«

»Nein.«

Heute Morgen hatte ich wieder keine Zeit gehabt, mir die

Haare zu waschen. Wegen Utes Monolog. Ich hörte ihr zu. Dann musste ich los.

»Und Sie haben grüne Augen, weil Sie Polizist sind«, sagte Frau Grauke.

»Unbedingt«, sagte ich.

»Und Sie heißen tatsächlich Tabor Süden?«

»Wollen Sies noch mal lesen?«

Frau Grauke setzte sich auf die Couch. Und goss Tee in beide Tassen.

»Mein Mann ist weg«, sagte sie wieder. » Und jetzt hab ich die Polizei im Haus.« Sie sprach zu ihrer Tasse. Hielt sie hoch, ohne aus ihr zu trinken.

Es klingelte an der Tür.

»Wären Sie so freundlich?«, sagte Frau Grauke.

Ich ging zur Tür. Draußen stand eine Frau, die nicht viel größer war als Frau Grauke.

»Grüß Gott, großer Mann«, sagte sie mürrisch.

»Grüß Gott.«

»Ich bin Frau Trautwein.«

»Ich bin Herr Süden.«

»Süden wie Norden?«

»Wie Norden, Osten und Westen«, sagte ich.

»Gibts neuerdings Humorausbildung bei der Polizei?«, sagte Frau Trautwein finster, schob mich beiseite und ging eilig ins Wohnzimmer.

Ich schloss die Tür. Und roch an dem Lorbeerkranz, der an der Innenseite hing.

»Sie haben keinen Durchsuchungsbefehl«, sagte Frau Trautwein, als ich ins Zimmer kam.

»Das ist meine Schwester«, sagte Frau Grauke.

»Mir wärs lieber, Sie hätten eine Kollegin mitgebracht«, sagte Frau Trautwein.

»Die kommt gleich«, sagte ich. »Sie hat noch einen Termin.«

»Setzen Sie sich!«, befahl Frau Grauke.

»Ich steh lieber.«

»Bevor Ihre Kollegin nicht hier ist, fangen wir nicht an«, sagte Frau Trautwein und nahm neben ihrer Schwester Platz. Frau Trautwein trug ein dunkelblaues Kostüm, dazu eine weinrote Handtasche, die sie ständig an ihrem Handgelenk zurechtrückte. Frau Trautwein schien etwas älter zu sein als ihre Schwester, Ende fünfzig.

»Wollen Sie eine Tasse Tee?«, fragte Frau Grauke.

»Ja.«

»Im Vergleich zu Ihrer Figur auf dem Foto haben Sie ganz schön angekörpert«, sagte sie, während sie mir die eingeschenkte Tasse reichte.

Ich sagte: »Auf dem Foto ist hauptsächlich mein Gesicht zu sehen.«

»Sie haben auch im Gesicht angekörpert.« Ein verhutzeltes Grinsen huschte über ihren Mund.

Ich stellte die Tasse mit dem Unterteller auf meine flache Hand und sah die beiden Frauen an. Sie mussten lange geübt haben für ihre Vorstellung.

»Können wir jetzt anfangen?«, sagte Frau Trautwein. Sie meinte mich.

Ich sah meine Kollegin an und konnte keinen Unterschied zu ihrem Aussehen am Morgen feststellen. Außer dass sie blasser wirkte. Angespannter. Abwesender.

Zwanzig Minuten nachdem ich die Wohnung in der Jahnstraße betreten hatte, war sie aufgetaucht, die Ledertasche über der Schulter, Schweiß in den Haaren.

Das fiel mir auf, weil sie angekündigt hatte, sich von einer Freundin die Haare schneiden zu lassen. Und als sie vor mir stand, waren ihre Haare so lang wie vorher, fast so lang wie meine.

Natürlich war ich es gewesen, der ihr die Tür geöffnet hatte.

»Tut mir Leid«, sagte sie leise.

Und ich sagte: »Sie haben nichts versäumt.«

Dann setzte sie sich auf einen Stuhl im Wohnzimmer, lehnte ihre Tasche ans Stuhlbein, stellte sich vor und nahm von Frau Grauke eine Tasse Tee entgegen.

Währenddessen schaute ich sie an.

Es war das erste Mal, dass ich sie anschaute. Nicht, dass ich sie zum ersten Mal sah, ich sah sie jeden Tag. Seit einer Woche. Davor war ich ihr nur zufällig ein paar Mal begegnet, im Flur, bei einer Pressekonferenz, einmal in einer Sonderkommission, in der wir aber nicht für dieselbe Gruppe eingeteilt worden waren. Ich wusste, sie arbeitete bisher beim Mord und war früher beim Rauschgift gewesen. Und ich wusste, dass sie mit Karl zusammenlebte. Jeder im Dezernat wusste das. Karl leitete das Dezernat 11.

Wir redeten nicht viel miteinander, er und ich. Wir redeten fast nie. Trotzdem verstanden wir uns. In gewisser

Weise lebten wir im selben Haus auf verschiedenen Stockwerken. Wir mussten beide jeden Tag durch denselben Eingang. Nachts lag jeder an seiner Wand, die kalt war und abweisend. Seine Wand sah genauso aus wie meine, und wir arbeiteten hart daran, uns nicht einschüchtern zu lassen. Es war eine reale Wand, und wenn sie kippte, dann kippte sie nicht nur in unserer Vorstellung. Unsere Ängste waren real.

Vermutlich deshalb verteidigte er mich oft, wenn ich wieder einmal bewies, dass ich im Grunde für den Polizeidienst ungeeignet war. Wir duzten uns. Und es kam vor, dass er mir etwas mitteilte, was mich nichts anging.

An so etwas musste ich denken, während ich Sonja anschaute.

Ihr Name war Sonja Feyerabend. Sie hatte eine hohe Stirn und eine schmale Nase, deren Spitze leicht nach oben zeigte. Ihre Haare waren braun und fast schulterlang und ihre Augen grün wie meine. Und: Sie hatte die Angewohnheit, ihr Mineralwasser nie in den Kühlschrank zu stellen.

Das hatte mir Karl eines Nachts erzählt, als wir auf einen Anruf vom Erkennungsdienst warteten. Ich sagte: Na und?, und er sagte: Später erinnert man sich nur noch an solche Sachen.

Ich erinnerte mich schon jetzt daran. Eine ausgeliehene Erinnerung. Davon kriegt man keine Wunden.

»Können wir jetzt anfangen?«

»Was ist?«, sagte Sonja zu mir.

Ich sagte: »Das ist Frau Trautwein, das ist Frau Grauke.«

Sonja bückte sich und holte ein kleines Aufnahmegerät aus ihrer Tasche. Ich benutzte kleine Blocks, nur in Notfällen einen Recorder. Falls zu viele Widersprüche zu erwarten waren. Damit rechnete ich jetzt nicht. Noch nicht.

»Dürfen Sie das?«, fragte Frau Trautwein.

»Möchten Sie es nicht?«, fragte Sonja.

Frau Grauke schüttelte den Kopf, kurz, als Zeichen, dass sie einverstanden war.

»Mein Schwager ist seit vier Tagen spurlos verschwunden«, sagte Frau Trautwein.

Sonja hatte eine dünne Akte aus der Tasche genommen und sie aufgeschlagen. »Ich hab hier Ihre vorläufige Vermisstenanzeige ...«

»Wieso vorläufig?« Frau Trautwein nestelte an ihrer Handtasche.

»Nach vier Tagen wissen wir nicht, ob Ihr Schwager tatsächlich vermisst wird«, sagte Sonja.

»Ich weiß es«, sagte Frau Trautwein. Sie warf mir einen Blick zu, den ich geduldig erwiderte. Am Anfang hatte sie darauf bestanden, von einer Frau befragt zu werden. Nun zweifelte sie deren Fähigkeiten an und wartete darauf, dass ich mich einmischte.

Ich stellte ungern Fragen. Ich sagte gern: Erzählen Sie!, und meist hatte ich damit Erfolg. Wer die Chance bekam, erzählen zu dürfen, nutzte sie. Alles andere waren Aufschneider oder Wichtigtuer oder Geheimniskrämer ohne interessantes Geheimnis.

Obwohl ich selbst am liebsten schwieg, traute ich dem

Schweigen anderer selten. Vielleicht war ich selbstgefällig. Vielleicht misstrauisch. Oder bloß faul.

»Lieselotte Grauke ...«, begann Sonja.

»Lotte«, sagte Frau Grauke.

»Sie haben Lieselotte eingetragen.«

Über die Fähigkeiten meiner Kollegin wusste ich nichts. Dies war ihr erster Fall in der Vermisstenstelle, an dem sie direkt beteiligt war. Sofern es sich um einen Fall handelte. Und nicht um eine der üblichen Hupfauf-Vermissungen: Jemand läuft weg und ist schneller wieder da als ein Kind einmal mit dem Seil springen kann.

»Wollen Sie sich nicht endlich hinsetzen, Herr Süden?«, fragte Frau Trautwein.

»Nein«, sagte ich.

»Hat Ihr Mann einen Koffer mitgenommen?«, fragte Sonja.

Hatte er nicht, das stand in der Akte. Ich war neugierig auf Sonjas Strategie.

»Nein«, sagte Lotte Grauke.

»Ich weiß, meine Kollegen haben Sie das schon gefragt, aber es ist wichtig, dass Sie es mir auch noch einmal sagen: Hat Ihr Mann jemals Selbstmordabsichten geäußert?«

»Niemals«, sagte Frau Trautwein.

Ich zog meinen Block aus der Tasche und machte mir Notizen.

»Gut«, sagte Sonja. »Ich hab heut Morgen mit Dr. Felbern gesprochen, er sagt, Ihr Mann war wegen Rückenbeschwerden bei ihm, in letzter Zeit häufig.«

»Ja«, sagte Lotte Grauke. »Er ist Schuster, er hockt da auf seinem uralten Schemel und macht sich den Rücken kaputt.«

»Der Arzt hat ihm Massagen verschrieben.« Sonja wandte mir den Kopf zu. Ich nickte. Schrieb weiter.

»Für so was hat Maximilian keine Zeit«, sagte Frau Grauke.

»Er ist am vergangenen Donnerstag gegen halb zehn Uhr abends aus dem Haus gegangen und nicht wiedergekommen«, sagte Sonja.

»Max wollte im ›Rumpler‹ noch ein Bier trinken«, sagte Frau Trautwein.

Sonja legte die Akte auf den Tisch und stellte ihre Tasse darauf. »Sie haben ferngesehen, Frau Grauke, Sie und Ihr Mann. Dann ist er aufgestanden und gegangen. Was genau hat er gesagt? ›Ich geh noch ein Bier trinken?‹ Was genau?«

Die beiden Frauen sahen sich an. Frau Trautwein spielte am Verschluss ihrer Handtasche, ihre Schwester faltete die Hände im Schoß und blickte dann in ihre Tasse, die leer war.

»Er hat nichts gesagt«, sagte sie nach einer Weile.

»Er ist einfach aufgestanden und gegangen«, sagte Sonja.

»Ja.«

»Er hat seine Windjacke angezogen, die Schuhe und ist gegangen.«

Mehrere Sekunden verstrichen in Stille.

Ich stand am Fenster. Das Fenster war geschlossen, die Gardinen rochen frisch gewaschen. Die beiden Grün-

15

pflanzen sahen aus wie poliert. Von unten drangen Straßengeräusche herauf. Kinderrufe. Sommergesang.

Dieser zwölfte Juli war ein Tag, wie es nicht viele gab in dieser Stadt. Fehlte nur das Meer. Und die andere Sprache.

»Was haben Sie dann gemacht, Sie beide?«, fragte Sonja.

Im ersten Moment dachte ich, ich hätte die Frage selbst gestellt.

Frau Trautwein reagierte am schnellsten: »Wie meinen Sie das, wir beide?«

Ihre Schwester konnte ihren Schreck nicht verbergen.

In der VVA stand kein Wort davon, dass sie an jenem Abend zu dritt vor dem Fernseher gesessen hatten.

»Ich meine ...«, sagte Sonja. Ich konnte ihr Gesicht nicht genau sehen, aber was ich sah, wäre in Gottes Schar der reinen Unschuldigen nicht weiter aufgefallen. »Ich meine, haben Sie darüber gesprochen, wieso er plötzlich weggeht, was das soll, wieso er keinen Ton sagt. Waren Sie sauer auf ihn?«

»Warst du sauer?«, fragte Frau Trautwein ihre Schwester.

»Ich?« Sie sagte tatsächlich: »Ich?«

Jeder lügt, das lernt man schon auf der Polizeischule. Und doch war es auch nach Jahren immer wieder verblüffend, wie viel Mühe manche Leute darauf verwandten sich zu verstellen, um dann jämmerlich zu scheitern.

Dass wir sie durchschauten und deshalb der Wahrheit näher kamen, war jedoch ein Irrtum.

Die Wahrheit ist nicht das Gegenteil von Lüge. Die Wahrheit ist eine andere Kategorie. Die Lüge ist Teil der Wahrheit. Und das macht es oft schwer, die Zusammenhänge zu begreifen, den Menschen und sein Zimmer, das er unsichtbar mit sich herumträgt und in dem nur er sich auskennt. Wenn wir nicht begreifen, welche Art Zimmer jemand bewohnt, begreifen wir nichts. Dann müssen wir uns am Ende mit der Variante der Wahrheit zufrieden geben, die uns beruhigt und den Fall beendet.

»Ich war schon sauer auf ihn«, sagte Lotte Grauke.

»Und Sie?«, fragte Sonja.

»Ich war doch gar nicht hier!«, sagte Frau Trautwein.

Die Frauen redeten noch eine halbe Stunde, dann versprachen wir, die Meldung in den Computer des Landeskriminalamtes einzugeben. Was weniger der konkreten Suche diente. Vielmehr konnten die Kollegen auf diese Weise sämtliche unbekannten Toten mit dem vermissten Maximilian Grauke abgleichen.

Aber das sagten wir den beiden Schwestern nicht.

In der engen, auf beiden Seiten voll geparkten Jahnstraße drängten sich die Autos aneinander vorbei, und ich schaute ihnen einige Zeit zu. Der stumme Kampf ums Nachgeben gefiel mir. Ein Fahrer musste immer bremsen, sogar stehen bleiben, sonst ging es nicht weiter. Der andere drückte dann stolz aufs Gas. Wenn ich selber fuhr, gehörte ich nicht zur netten Abteilung. Allerdings fuhr ich selten. Meist nahm ich ein Taxi. Oder ich ließ Martin ans Steuer. Der fuhr so vorsichtig, als wäre unser Dienstwagen goldverchromt und außerdem sensibel. Wer öfter mit Martin unterwegs war, sparte sich das Geld für einen achtwöchigen Aufenthalt in einem buddhistischen Kloster. Mehr Demut und Geduld war nirgends als in einem Opel, den Hauptkommissar Heuer lenkte.

»Warum haben Sie nichts gesagt?«, fragte Sonja.

Über ihr Handy hatte sie im Dezernat einen E-Bogen mit den Namen der Hausbewohner bestellt. Vielleicht gab es Verbindungen, Namen, die zusammenpassten, Hinweise auf das Ehepaar Grauke.

»Was machen wir jetzt?«, fragte sie.

Wieder schaute ich sie an. Sie war irritiert. Wegschauen konnte ich nicht. Sie trug hellblaue Jeans, einen weißen Pullover mit V-Ausschnitt und Turnschuhe. Sie war schlank. Sie hatte einen kleinen Bauch und einen weniger kleinen Busen. Und volle, helle Wangen. Einen schmalen Mund, Fältchen rechts und links.

»Ich hab Sie mir früher anders vorgestellt«, sagte sie.

Ich sagte: »Warum?«

»Bitte?«

»Warum haben Sie sich mich vorgestellt?«

Sie wich einem Mädchen aus, das mit dem Fahrrad vorbeipreschte. Wir standen vor einem Laden, dessen Tür- und Schaufensterrollo heruntergezogen war. Die Beschichtung bröckelte ab. Vor der Tür lag ein ausgetretener brauner Fußabstreifer.

»Waren Sie nicht neugierig auf Ihre neue Kollegin?«, sagte sie.

»Doch, aber ich weiß ja, wie Sie aussehen.«

Sie lächelte. Länger als es nötig gewesen wäre. Stete Nahrung für die Fältchen.

»Wollten Sie sich nicht die Haare schneiden lassen?«, sagte ich.

Sie sagte: »Ich hab Sie angelogen.«

»Sie haben unsere Assistentin angelogen.«

»Stimmt.«

Über dem Schaufenster des alten Ladens hing ein Messingschild, verrostet, mit geschwungener Schrift: »Schusterei M. Grauke.« Der Laden wirkte wie eingequetscht zwischen dem Haus Nummer 48, in dem das Ehepaar wohnte, und dem Haus Nummer 50.

»Sieht trübsinnig aus«, sagte Sonja.

Ich rüttelte am Rollo. Verschlossen.

»Hab ich auch schon versucht«, rief jemand.

Auf dem Bürgersteig gegenüber stand eine Frau mit einem Aluroller.

»Ich brauch dringend meine Schuhe!«, rief sie herüber. »Seit einer Woche ist zu beim Max, so was ist noch nie vorgekommen. Und seine Frau sieht man auch nicht. Hoffentlich ist nichts passiert!«

Sonja ging zu ihr.

»Ich hab auch Schuhe bei ihm, die wollt ich grade holen. Ist er krank?«

»Das weiß ich nicht«, sagte die Frau. »Ich war letzten ... Dienstag da ... und letzten Freitag, immer zu. Ich war sogar schon bei Alex und hab nach ihm gefragt. Aber da war er auch nicht ...«

»Wer ist Alex?«

»Der Wirt vom Stüberl vorn. Ich brauch die Schuhe wirklich dringend, ich versteh das nicht ... Ich wohn jetzt über zehn Jahre hier im Viertel, und der Max hat nie so lange zugehabt. Der macht doch nie Urlaub ...«

Bevor wir noch einmal in die Wohnung gingen, besuchten wir Alex.

Er betrieb eine dieser Kneipen, bei der die Sonne draußen bleibt wie ein braver Hund. Zwei Tische, ein u-förmiger Tresen, ein Spielautomat, eine elektronische Dartscheibe, Schlagermusik, keine Zapfhähne, das Bier gibt es aus der Flasche.

So ein Lokal wäre mein Ort, wenn ich keine Arbeit hätte.

»Ein Helles«, sagte ich.

Sonja sah mich missmutig an.

»Das Helle ist hier ein Lichtblick«, sagte ich. Das war ein Spruch von Martin, der anders als ich ein wahrer Gasthausbewohner war. Ich ging immer nur mit.

»Einen Kaffee für mich«, sagte Sonja.

»Schlecht«, sagte Alex. »Ist grad aus.«

»Dann ein Wasser.«

An dem Tisch beim Durchgang zu den Toiletten saß ein junger Mann, rauchte und trank Weißbier. Mit seinem Schweigen beerdigte er die Welt. The Sweet sangen »Love Is Like Oxygen«. Wenigstens die siebziger Jahre waren unsterblich.

Ich wandte mich zu Sonja um. Und ahnte, was sie dachte. Erstens: Wieso säuft der jetzt? Zweitens: Sind wir offiziell hier? Wie ist das in einem Vermisstenfall?

Beim Mord zückten sie alle sofort ihren Ausweis. Sie wussten, das schüchterte die Leute ein. Als ich noch im K 111 war, machte ich es genauso. Es war wie ein Reflex, ich schraubte mich in eine Autorität hinein, und es funktionierte. Die Leute reagierten oft untertänig, entgegenkommend, sogar gespannt, bisweilen begeistert darüber, endlich einmal von der Polizei wahrgenommen zu werden.

»Ich such den Max«, sagte ich zu Alex. Er war Anfang vierzig, trug eine Brille und ein schwarzes Hemd und drehte sich seine Zigaretten.

»Seine Frau hab ich heut gesehen, beim Vorbeifahren, ich wollt sie schon fragen, ob ihr Mann krank ist.«

»Warum haben Sie sie nicht gefragt?« Ohne weitere Erklärung hielt ihm Sonja ihren Dienstausweis hin. Reflexe kann man nicht innerhalb einer Woche abstellen.

»Polizei«, sagte Alex. »Ist was passiert?«

»Herr Grauke ist als vermisst gemeldet«, sagte Sonja.

»Von wem?«, fragte Alex.

Endlich einmal eine ehrliche Aussage.

»Von seiner Frau und seiner Schwägerin«, sagte ich.

Alex zupfte sich einen Papierkrümel von der Lippe und zündete die Zigarette an. »Keine Ahnung. Ich kenn ihn, aber ich weiß nix von ihm. Ich kauf meine Schuhe im Kaufhaus, und ich brauch nicht viele. Ich lauf ja nicht viel rum.«

»Wann war er zum letzten Mal hier?«, fragte Sonja.

Ich lehnte mich an den Tresen.

Der junge Mann am Tisch versenkte den Rest Weißbier in sich. Vielleicht ging die Beerdigungszeremonie langsam zu Ende und der gemütliche Teil fing an. Wenn geredet wurde. Und gelobt. Und laut gelacht. Und die Leiche endlich einen Sinn ergab.

»Letzte Woche«, sagte Alex.

»Wann genau?«

Er rauchte, öffnete eine Flasche Spezi, goss ein Glas voll und trank.

»Donnerstag«, sagte er, »am Donnerstag, stimmts, Klausi? Weil am Donnerstag füll ich immer den Lottoschein aus.« Klausi hob den Kopf. Und gleichzeitig das Glas. Ich schaute zur Decke. Der Marionettenspieler war unsichtbar.

»Klausi«, sagte ich laut.

Er zuckte zusammen. Es zuckte ihn zusammen. Vermutlich kam jetzt sein sechstes Weizen.

»Bring mir noch eins!«, sagte er gut verstehbar. Das war auch eine von Martins gehaltvollen Lehren: Egal, wie viel man getrunken hatte, das Wichtigste war, die Bestellung immer astrein auszusprechen. Ich fragte ihn: Wieso ist das wichtig? Er sagte: Wegen der Höflichkeit.

»Hast du den Max am Donnerstag gesehen?«, fragte ich vom Tresen aus.

Klausi brauchte eine Weile, bis er seinen Blick auf die Entfernung eingestellt hatte. Uns trennte ungefähr ein Meter.

»Am Donnerstag ... möglich wärs ... ja ...«, sagte er. »Scheiße war der drauf. Er ist in den ›Rumpler‹ rein und hat einen Fernet bestellt. Und noch ein Fernet. Scheiße sah der aus. Er hat gesagt ... es kotzt ... kotzt ihn alles an ... Er hat ... Er wollt sich umbringen, ich schwörs, der wollt sich umbringen, so war der drauf ...«

»So ein Scheiß«, sagte Alex und stellte das frische Weiß-

22

bier hin, nahm das leere Glas, drehte sich zu mir um. »Der spinnt, der Klausi. Der Max war hier, er hat seine drei Bier getrunken, wie immer, der war ganz normal ...«

»Und das war sicher am Donnerstag«, sagte Sonja. Sie suchte nach einem Stift und einem Stück Papier.

»Ich merk mir das«, sagte ich.

»Bitte?«

»Der Max, der ist doch ... der ist doch aus der Jahnstraß nie rausgekommen, oder?« Der junge Mann sprach mit seinem Weißbierglas. Vielleicht sparte er auch nur Kraft. Manchmal muss man sich entscheiden: Arm oder Kopf heben. Er hob den Arm mit dem schäumenden Weißbier am Ende. »Der ist ... ist in seinem Loch ... und der ist ... Mein Alter hat bei dem schon seine Schuhe machen lassen ... Der ist ...«

Er trank und redete weiter. Von Dingen, die in unwegsamem Gelände spielten. Die Beerdigung in seinem Kopf war definitiv vorbei.

Vor dem Stüberl legte Sonja den Kopf in den Nacken und ließ sich von der Sonne bescheinen.

»Obwohl sein Geschäft letzte Woche geschlossen war, hat Grauke am Donnerstag hier seine Biere getrunken«, sagte ich. »Und Fernet im ›Rumpler‹.«

Das Lokal lag nur ein paar hundert Meter entfernt und wir gingen hin. Niemand konnte uns etwas Neues berichten.

»Wir wissen nicht, ob die Schusterei die ganze Woche zu war«, sagte Sonja hinterher. Wir überquerten die Baumstraße und gingen zurück in die Jahnstraße. Es war halb drei Uhr nachmittags und heiß. Sonja hatte die Ärmel ihres Pullovers hochgekrempelt, ich mein Hemd bis zum Kragen zugeknöpft. Ich fror nicht. Ich mochte es so.

»Er steht auf, sagt, er geht jetzt Bier trinken, trinkt es und verschwindet«, sagte ich.

Sie sagte: »Und warum sperrt er die Schusterei zu? Die Frauen haben nichts davon erzählt.«

»Er hat sie zugesperrt, weil er abgehauen ist.«

»Sie meinen, er ist schon Anfang der Woche weg?«, sagte Sonja.

»Warum nicht«, sagte ich.

»Das würde aber bedeuten, er ist noch einmal zurückgekommen«, sagte Sonja, »und zwar am Donnerstag.«

»Warum nicht?«, sagte ich.

Die Schwestern standen beide an der Tür und machten nicht den Eindruck, als würden sie uns reinlassen.

»Mein Mann fühlte sich nicht gut«, sagte Lotte Grauke. »Ich hab ihm verboten runterzugehen.«

»Das stimmt«, sagte Frau Trautwein. »Max hatte ... hatte Durchfall und Fieber und ...«

»Warum glauben Sie uns nicht?«, sagte Lotte Grauke. Sie hatte noch immer das schwarze Kleid an und auch die Ausgehschuhe. Aber sie war durcheinander. Aufgewühlt. Wahrscheinlich hatten die Frauen gestritten.

»Wir glauben Ihnen«, sagte ich, »wir sammeln nur Informationen.«

»Die Leute in den Lokalen haben Ihre Angaben bestätigt«,

sagte Sonja. »Ihr Mann hatte keinen Koffer dabei, er hatte seine Windjacke an und wirkte wie immer. Wie Sie es gesagt haben.«

»Ja«, sagte Lotte Grauke.

»Wir melden uns morgen«, sagte ich.

»Ja«, sagte Lotte Grauke wieder.

Ungewöhnlich an dieser Vermissung war, dass es schon nach so kurzer Zeit einen Berg Merkwürdigkeiten gab. Die beiden Frauen hatten zuerst unsere Grünen, bei denen sie Anzeige erstattet hatten, angelogen, dann uns. Und anscheinend auch etliche Leute aus dem Viertel, das nach einem Bach benannt war, der dort nicht mehr floss und in dem jetzt die Schusterei M. Grauke geschlossen war, die sonst nie zu hatte, außer am Samstagnachmittag und am Sonntag.

»Die Idylle bröckelt«, sagte ich.

Sonja schaute mich an, und es war einer dieser Blicke, mit denen sie mich später noch oft bedachte.

Ich wollte jetzt allein sein. Wollte die Straße auf und ab gehen, eine Stunde, zwei Stunden, so lange, bis ich etwas begriff. Bis ich etwas sah. Manchmal dauerte diese Prozedur Tage. Vergeblich war sie noch nie gewesen. Wie Karl dem Nachwuchs auf der Polizeischule immer predigte: Trauen Sie Ihrer Intuition!

Ich wusste nicht, ob es Intuition war, die mich leitete. Ich schaute. Ich konnte sehen und hören, wie die Zeit verging, an den Schatten auf der Straße, an den Stimmen der Menschen, an der Musik aus den Fenstern, am

Hupen, am Geschrei der Kinder. So wie ich kein Handy besaß, hatte ich auch keine Uhr. Die Zeit war da, ich nahm mir, soviel ich brauchte.

»Dann fahr ich allein zurück«, sagte Sonja.

Ich nickte.

»Und was sag ich Herrn Thon?«

Herr Thon war der Leiter der Vermisstenstelle, ein gepflegter, gut riechender Ehemann Mitte dreißig, dessen Seidenhalstuch selten verrutschte.

»Sagen Sie ihm, ich melde mich.«

Bei dieser Antwort würde er sich die Hände reiben, als habe er sie gerade eingecremt und sich mit dem Zeigefinger am Hals kratzen.

»Auf Wiedersehen, Kollege Süden.«

»Wiedersehen.«

Sie hatte ihren blauen Lancia zur Hälfte auf dem Bürgersteig geparkt. Bevor sie einstieg, nahm sie den Strafzettel vom Scheibenwischer.

Martin und ich bezahlten unser Bußgeld nie. Schon aus Protest gegen das Wort nicht. Auch dieses Verhalten fand Ute hochgradig kindisch.

»Möchten *Sie* da wohnen?«, sagte ein älterer Mann. Er stand vor einem neugebauten, riesigen Altersheim, das garantiert nicht so hieß. Es wirkte wie ein modernes Hotel, warme Farben, viel Glas und Metall, Grünflächen, lichte Räume, soweit man das von außen beurteilen konnte.

»Kann sich doch keiner aus dem Viertel leisten«, sagte der Mann.

»Ex-Architekten vielleicht«, sagte ich.

Auf einer Tafel stand: »Wohnen und leben im dritten Lebensabschnitt«.

»In welchem sind Sie?«, fragte ich.

»Heut im vierten«, sagte der Mann und ging hustend und ächzend weiter.

Ich betrachtete das Schild, das in der Sonne glänzte. Ich verdiente fünftausend im Monat. Mein Alter würde woanders stattfinden.

2

Enorm »in« alles. Der griechische Tante-Emma-Laden, das alternative Theater, das engagierte Kino, die renovierten Altbauten, das Straßenleben, die Kneipen, die Schwulenbars, das ›Mylord‹, in das früher nur Lesben und seit Jahren auch Heteros durften, ohne dass der Umsatz deswegen eine innenarchitektonische Auslüftung erlaubte. Der Siebente Himmel, in dem Martin und ich uns Ende der siebziger Jahre weiße Hemden und speckige Westen gekauft hatten, Secondhand, billig, in Blau und Rot. Und natürlich der Bach, der Westermühlbach hieß. Der Glockenbach war wie die übrigen Bäche längst zugeschüttet worden.

Statt der Holzarbeiter und Glockengießer lebte und wohnte heute hier der zweite Lebensabschnitt, jene Abteilung dieses Abschnitts, die nicht bei Aldi einkaufte. Oder erst recht. Wenn demnächst der dritte Lebensabschnitt sein Domzil bezog, war die Münchenisierung auch dieses Viertels endgültig abgeschlossen.

Manchmal sehnte ich mich nach einer anderen Stadt.

Dann fiel mir keine ein.

Ich blieb in meinem Zimmer, unabhängig davon, wem ich die Miete bezahlte.

»Kennen Sie den Herrn Grauke?«, fragte ich die Bedienungen in der Gaststätte ›Faun‹. Sie kannten ihn nicht.

»Den Schuster, freilich«, sagte die Verkäuferin in der Bäckerei. »Aber der hat zu, das ist blöd, weil mein Mann hat seine Schuhe dort, die leichten fürn Sommer, und die tät er brauchen.«

»Seit wann ist zu?«

»Mindestens eine Woche«, sagte die Frau. »Was ist heut? Montag, freilich, man wird ganz blöd vor lauter Hitze, Montag. Ja, letzte Woche am ... Dienstag war mein Mann dort, am Dienstag arbeit ich nicht, da war er dort und hat dann zu mir gesagt, da ist zu, und er hat jemand getroffen, der hat gesagt, gestern war auch schon zu. Dann war er noch mal am ... Donnerstag ... am Freitag da, und da war auch zu.«

»Kauft der Herr Grauke bei Ihnen ein?«

»Nein, seine Frau. Er sitzt in seiner Schusterei Tag und Nacht, der geht nicht einkaufen, das macht alles seine Frau. Oder seine Schwägerin.«

»Wohnt die auch hier?«

Sie sah mich an. Eine Kundin kam herein.

»Sind Sie von der Steuerfahndung?«, fragte die Verkäuferin.

Die Kundin verließ den Laden wieder. Ich schaute ihr hinterher. Sie drehte sich um und verschwand in der Hans-Sachs-Straße.

»Warum?«, sagte ich.

»Glauben Sie, der Grauke hat je einen Pfennig Steuern in seinem Leben bezahlt?«, sagte die Verkäuferin.

»Das geht mich nichts an«, sagte ich.

Sie sagte: »Aha.«

Ich kaufte eine Breze.

»Ofenfrisch«, sagte die Frau.

Ofenfrische Brezen sind eine Geschmacklosigkeit.

»Ich bin Polizist, Herr Grauke ist verschwunden.«

»So ein Schmarrn«, sagte die Frau. Sie hatte kurze schwarz gefärbte Haare und schien den dritten Lebensabschnitt fast erreicht zu haben.

»Stimmt wahrscheinlich«, sagte ich. »Aber er ist weg.«

»Der geht doch nicht weg! Wo solln der hin? Wenn der nicht auf seinem Schemel sitzen und vor sich hin brummen kann, geht er ein wie eine Primel. Verschwunden! Der ist irgendwo ein Bier trinken, sonst nix.«

»Eine Woche lang?«

»Bei der Hitze kriegt man schon einen Durst!«, sagte die Frau.

Ich nickte. Ich hatte einen Brezenklumpen im Magen. Fühlte sich an wie ein ganzer Ofen.

»Haben Sie ihn in letzter Zeit gesehen?«

»Ich nicht.«

»Ihr Mann?«

»Glaub ich nicht. Doch! Als er seine Schuhe abgegeben hat. Heut vor einer Woche ... nein, heut vor zwei Wochen. Vor zwei Wochen.«

Während ich die Jahnstraße zum fünften Mal hinunterging, dachte ich an den brummenden Mann auf seinem Schemel. Er hockte da, nähte, hämmerte, klebte, stellte die fertigen Paare ins Regal, nahm neue entgegen, brummte, kassierte, nähte weiter. Und trank zwischendurch Bier. Und von einem Tag auf den anderen hörte er damit auf. Ließ die verrosteten Rollos herunter und trollte sich. Und kehrte noch einmal zurück. Um was zu tun? Um zwei Fernets und mehrere Biere zu trinken?

Er hatte seine Frau besucht. Wieso hätte sie sonst ausgerechnet am Donnerstag aufs Revier gehen sollen? Und nicht am Mittwoch. Oder bereits am Dienstag. Er besuchte seine Frau. Und seine Schwägerin. Die war dabei, das war klar. Was wollte er von ihnen? Sich verabschieden?

Oder hatte er sich schon verabschiedet gehabt? War er zurückgekehrt, um zu bleiben? Und dann war etwas passiert? Was? Und wann? Nachdem er im ›Glockenbachstüberl‹ war? Oder davor? Hatten die beiden Frauen etwas damit zu tun? Was, wenn sie trotzdem Anzeige erstatteten?

Beim Spielplatz gab es eine Telefonzelle.

»Ich bins.«

»Hallo, Kollege Süden.«

»Was hat Thon gesagt?«

»›Ich habs Ihnen doch gesagt‹, hat er gesagt. Ich hab mich nämlich vor unserem Treffen ein wenig über Sie erkundigt und ...«

»Ja?«

»Er hat mir bestätigt, dass Sie ... Eigenarten haben.«

»Sie nicht?«

»Hm ... welche?«

»Sie stellen Ihr Mineralwasser nie in den Kühlschrank.«

»Das ist keine Eigenart, das ist eine Angewohnheit.«

»Stimmt wahrscheinlich.«

»Stimmt sicher.«

Sie sagte mir, was ich wissen wollte, dann setzte ich meinen Schauweg fort.

In unmittelbarer Nähe von Haus Nummer 48 befanden sich das »Ragazza«, ein Treffpunkt für Mädchen und junge Frauen zwischen zehn und fünfundzwanzig Jahren, und das »Frauencafé«. Beide hatten geschlossen. Daneben war das griechische Lokal »Anti«, eine der Kneipen, bei denen man hinterher nicht nur seine Kleider, sondern sich selbst über Nacht auslüften muss. Ich war einmal mit Martin dort gewesen, wir hatten gut gegessen und noch besser getrunken, aber der fünfte Ouzo veränderte vorübergehend unsere Persönlichkeit. Wir fingen an Sirtaki zu tanzen, wir schwangen unsere Beine wie Cancantänzerinnen und grölten die Melodie. Irgendwann kamen zwei Grüne herein und forderten den Wirt auf, die Musik leiser zu stellen. Ich wankte nach draußen, stolperte und knallte mit dem Gesicht auf die Kühlerhaube des Streifenwagens. Einer der Grünen half mir auf. Wir kannten uns nicht.

»Ist noch zu«, sagte ein junger Grieche.

»Hier ist viel zu«, sagte ich.

Er nickte und trug zwei Kisten mit Orangen ins Lokal, dessen Tür angelehnt war. Ich folgte ihm.

Obwohl keine Gäste da waren, roch es nach Rauch und Fett. Ich bekam sofort Hunger.

»Sind Sie Kunde bei Herrn Grauke?«, fragte ich den jungen Mann, der die Orangen in den Ausguss kippte.

»Ja, manchmal. Wer sind Sie?«

»Polizei.«

»Was passiert?«

»Grauke ist verschwunden.«

»Hab mich schon gewundert, warum die ganze Zeit zu ist.«

»Wann haben Sie ihn das letzte Mal gesehen?«

»Lang her. Was ist mit seiner Frau? Ist er wegen ihr weg?«

»Warum?«

»Haben Sie die schon mal lachen sehen? Oder ihre Schwester? Da wirds finster, wenn die hier reinkommen.«

»Sie essen bei Ihnen?«

»Unser Essen ist gut.«

»Das weiß ich.«

»Ja«, sagte er, »die kommen schon mal, sitzen da vorn bei der Treppe, trinken Retsina und essen Gyros. Einmal im Monat.«

»Und der Mann?«

»Der Mann! Der Mann kaut Leder.«

Der Mann kaut Leder, sagte ich vor mich hin, als ich zurück zur Schusterei ging. Der Mann kaut Leder, die Frauen essen Schweinefleisch und trinken Wein.

Ich setzte mich auf die Steinschwelle vor der Tür, auf den ausgebleichten Fußabstreifer. Zog meine Lederjacke aus, legte sie über die Knie.

Guter Ort. Schatten. Kühle, die aus den Steinen strömte.

Zwei Kinder kamen vorbei, zwei Jungen, ungefähr neun Jahre alt. Der eine trug ein Einkaufsnetz mit einem Fußball darin, der andere eine Schachtel mit Mohrenköpfen. Sie blieben stehen und schauten zu mir herunter.

»Warten Sie auf den Schuster?«

»Ja.«

»Der kommt nicht«, sagte der mit der Schachtel.

»Kann ich einen Mohrenkopf haben?«, sagte ich.

»Mohrenkopf sagt man nicht, das ist rassistisch.«

»Wer sagt das?«

»Meine Mama.«

Als ich im ersten Lebensabschnitt war, hatten wir ein Wort wie rassistisch nicht im Repertoire. Und unsere Eltern auch nicht. Mein Vater sagte immer nur: Die dämlichen Schlesier, die dämlichen Schlesier. Er und meine Mutter waren aus dem Sudetenland geflüchtet.

»Kann ich trotzdem einen haben?«, fragte ich.

»Das ist eine Kühlbox«, sagte der Junge und klappte den Deckel auf. Er nahm einen Mohrenkopf heraus und hielt ihn mir hin. »Und das ist ein Schokokuss.«

Ich biss rein.

»Schmeckt wie ein Mohrenkopf«, sagte ich.

»Man sagt danke«, sagte der Junge.

Ich sagte: »Danke.« Und verschlang den Kuss. Der Junge mit dem Ball sah mir dabei zu. Über seinem linken Auge war eine Narbe.

»Wo ist der Schuster?«, fragte ich.

»Der kommt nicht mehr«, sagte der Junge mit der Schachtel.

»Der ist gestorben«, sagte der Junge mit dem Ball.

»Woher weißt du das?«

»Von meiner Mama.«

»Seid ihr Brüder?«

»Spinnst du?«, stieß der Junge mit dem Ball hervor.
»Wieso ist der gestorben?«
»Meine Mama sagt, für sie ist der gestorben.«
Ich leckte mir die Lippen. Es fiel mir schwer, nicht um Nachschub zu bitten.
»Die hat ihre Schuhe bei dem und kriegt sie nicht wieder.« Der Junge machte ein strenges Gesicht.
»Die hat doch hundert Paar!«, sagte sein Freund.
»Du hast voll null Ahnung!«, sagte der andere und ging weiter.
»Tschüss«, sagte der Junge mit der Schachtel.
»Das heißt servus oder ciao«, sagte ich.
Er sagte: »Bist du meine Mama?«
Mein Blick fiel auf meine Stiefel. Sie waren schmutzig.
Ich wartete.
Ich wollte nicht mit beiden Frauen sprechen.
Eine Stunde verging. Ich stand auf, überquerte die Straße und lehnte mich an die gelbe Mauer des dritten Lebensabschnitts.
Weitere fünfunddreißig Minuten vergingen.
Dann kam Paula Trautwein aus dem Haus. Sie bemerkte mich. Ihr Blick fegte die Spatzen vom Bürgersteig. Sie ging in Richtung Innenstadt davon.
An der Haustür gab es keine Sprechanlage. Ich klingelte und die Tür summte.

Frau Grauke war genauso erschrocken, wie ich es gehofft hatte.

Jetzt trug sie ein hellblaues einfaches Hauskleid und darüber eine weiße Kochschürze. Sie war barfuß.

Ich kam extrem ungelegen. Sie gab keine Vorstellung, die Bühne war leer, das Geschirr abgeräumt, abgespült, die Schauspielerin ungeschminkt. Und sie hatte Schwierigkeiten mit dem Text.

»Was wollen Sie?«, fragte sie.

Ich sagte: »Die Leute im Viertel machen sich Sorgen.«

»Ich ... ich auch ... natürlich.«

Wir standen im Flur, der nach Lorbeer roch.

»Kommen Sie mit rüber!«, sagte sie.

»Ich möchte lieber hier bleiben.«

»Was?«

»Wir stehen einfach hier bei der Tür, das ist ein angenehmer Platz.«

»Ich will mich hinsetzen.«

»Wenn ich weg bin.«

Ich zog die Lederjacke an, weil ich sie nicht halten wollte, und verschränkte die Arme. Ich stand seitlich zur Tür und sog den Duft ein. Auch Frau Graukes Parfüm hing in der Luft, sie hatte sich frisch eingesprüht.

»Gehen Sie aus?«, sagte ich.

»Nein, ich bin ... ich geh doch nicht aus, wohin denn? Was wollen Sie von mir?«

»Ich bin der Ihnen zugeteilte Polizist.«

»Wie bitte?«

Sie legte den Kopf in den Nacken und sah mir in die Augen, weil sie dachte, ich hätte einen Witz gemacht. Ich verzog aber keine Miene. Vielleicht hätte ich schmunzeln sollen. Aber schmunzeln konnte ich nicht. Dieses Gen war leer bei mir.

»Ihr Mann war schon einmal verschwunden«, sagte ich.

Sie sagte nichts. Dann wischte sie sich die Hände an der Schürze ab. Das war eine schöne Geste. Sie hatte schmale Finger, kurz geschnittene Nägel, weiße Halbmonde, runde Knöchel, ihre Hände wirkten weich und zugleich energisch. Berührt hatte ich sie bisher nicht. Vielleicht hielt sie nichts davon, den Leuten zur Begrüßung oder zum Abschied die Hand zu geben.

»Das ist ... fünf Jahre her«, sagte sie.

»Sechs«, sagte ich.

Wir schwiegen beide. In ihrem Kopf rasselten wahrscheinlich die Worte, zerrten von innen an ihrer Stirn, die sich verschob, runzelig wurde, glättete, wieder verzerrte. Während ich darüber nachdachte, ob ich mich nicht doch mitten in einer Hupfauf-Vermissung befand.

»Ich dachte ...«, sagte sie und senkte den Kopf, »ich dachte, die werden ... die Daten werden gelöscht. Das ist mir damals gesagt worden ...«

»Sie verschwinden aus dem LKA-Computer, aber wir bewahren sie auf, für alle Fälle, niemand benutzt die Daten, nach zehn Jahren verschwinden sie.«

»Ist das gesetzlich?«, sagte sie.

»Vermutlich«, sagte ich.

»Das müssen Sie aber wissen! Sie sind doch Staatsbeamter.«

»Sie hatten Angst, Ihr Mann würde sich umbringen.«

»Ja!«, sagte sie und wandte sich in Richtung Wohnzimmer. Ich versperrte ihr in dem engen Flur den Weg. Im ersten Moment wollte sie mich zur Seite schieben, sie hob schon die Hand. Dann änderte sie ihren Plan.

»Ja«, sagte sie, »ich hab mir Sorgen gemacht ... In der Werkstatt liefs nicht gut, Maximilian fing an zu trinken ... er ... er blieb über Nacht unten ... er sperrte sich ein, er redete mit niemand, und wenn er was sagte, dann nur: Ich halts nicht mehr aus, Scheißleben, ich spring in die Isar, solches Zeug. Und dann war er weg. Und wir sind in Panik geraten ...«

»Ihre Schwester und Sie.«

»Ja natürlich ...« Sie stockte. Strich wieder mit beiden Händen über die Schürze. »Wir sind sofort zur Polizei. Aber nach vier Tagen war er wieder da, Gott sei Dank, er hat sich rumgetrieben. Wo er war, wissen wir bis heut nicht. Jedenfalls hat er sich nicht umgebracht, das passt auch gar nicht zu ihm.«

Ich überlegte, zu wem ein Suizid passte.

»Wieso sagen Sie nichts?«, sagte sie.

Langsam wurde sie ungeduldig, zornig. Wahrscheinlich nicht nur wegen mir. Sondern weil ihre Schwester nicht da war. Nicht zurückkam und die Vorstellung wieder in die richtigen Bahnen lenkte.

»Frau Grauke«, sagte ich. Sie trat einen Schritt zurück, stemmte die Hände in die Hüften und kniff die Augen zusammen. »Abhauen ist nicht strafbar. Und ich muss auch nicht alles wissen, was bei Ihnen passiert. Das geht mich nichts an, Sie können mir erzählen, was Sie wollen, ich hör Ihnen zu, das ist mein Beruf. Sie lügen mich an und das dürfen Sie. Sie haben Ihren Mann als vermisst gemeldet, Sie haben diesmal nicht gesagt, dass Sie Angst haben, er bringt sich um. Er ist einfach weg. Er ist nicht am Donnerstag weg, sondern schon vorher. Anfang der Woche, vielleicht am letzten Wochenende. Sie müssen mir das nicht sagen. Ich finde es heraus. Und wenn Ihr Mann in vier Tagen wieder auftaucht, ist alles in Ordnung und wir sind erleichtert.«

Sie spitzte den Mund. Dann drehte sie sich um und ging in die Küche. Ich blieb noch eine Weile stehen.

»Wo bleiben Sie denn?«, rief sie aus der Küche.

Ich ging zu ihr. An der Garderobe hingen Jacken und Mäntel in verschiedenen Größen. Frauengrößen, wie mir schien.

»Ja«, sagte sie. Sie goss Bier in ein Glas. »Ja. Ja. Okay.« Sie stellte die Flasche in einen Bastkorb und trank einen Schluck. »Sie sind ja im Dienst.«

»Natürlich. Und?«

»Sonst hätte ich Ihnen ein Bier angeboten.«

»Tun Sie's!«, sagte ich.

Sie sagte: »Das ist doch ungesetzlich!«

Ich schwieg. Sie holte eine zweite Flasche aus dem Kühlschrank und ein Glas. Bevor sie einschenkte, nahm ich ihr beides aus der Hand. Ich trank aus der Flasche.

Lotte Grauke verkniff sich eine Bemerkung.

»Wann ist Ihr Mann wirklich verschwunden?«, fragte ich.

Sie setzte sich. Auf dem Tisch stand das abgespülte Teegeschirr, auf dem Herd ein Topf, daneben lag ein Holzbrett mit einem Fleischmesser. Die Einrichtung war alt, aber sauber, die Spüle glänzte, auf dem Küchenbord reihten sich bunte Dosen und Flaschen wie für ein Foto sorgfältig hindrapiert. Der Raum war eng, die ganze Wohnung war eng, aber sie wirkte nicht erdrückend, sie wirkte gut bewohnbar zwischen den einfachen Möbeln.

»Am Sonntag«, sagte sie. Sie nahm einen Schluck. Dann zog sie den Träger der Schürze über den Kopf und faltete die Schürze zusammen.

»Ist Ihnen nicht zu heiß in der Jacke?«, sagte sie.

»Nein«, sagte ich.

»Am Sonntag«, wiederholte sie.

»Und warum?«

Das hatte ich sie schon einmal gefragt und sie hatte nicht darauf reagiert, weil sie die Frage unangemessen fand. Das war sie auch. Warum ging einer weg? Darauf gab es nur vier Antworten. Er wollte sich umbringen, er wurde Opfer einer Straftat, er war in einen Unglücksfall verwickelt oder irrte hilflos umher, was vor allem auf ältere Menschen zutraf. Mehr Gründe gab es nicht. Für uns. Alle anderen Auslöser waren nicht wichtig. Nur wenn wir einen Punkt auf dieser Liste ankreuzen konnten, handelte es sich um einen Vermisstenfall. In den Statuten lautete die Formulierung: »Konkrete Gefahr für Leben oder körperliche Unversehrtheit«.

Liebeskummer zählte nicht dazu. Oder Ärger bei der Arbeit. Oder Überdruss. Oder Langeweile. Ohne konkrete Gefahr weinten die Angehörigen vergeblich. Natürlich nahmen wir ihre Anzeige auf und wir gaben diese auch in den Computer ein. Und wenn wir Zeit hatten, recherchierten wir ein wenig. Aber wir waren nicht zuständig. Wenn Kinder verschwanden, begann die Suche sofort. Bei Kindern bestand immer eine konkrete Gefahr.

Erwachsene fielen unter das »freie Bestimmungsrecht«. Sie konnten, frei nach den Worten des Dichters, kräftig genährt aufbrechen, wohin sie wollten.

Und Maximilian Grauke hatte nichts anderes getan.

»Er will sich nichts antun«, sagte seine Frau, »ganz bestimmt nicht. Er ist weg, weil ers bei uns nicht mehr ausgehalten hat.«

»Bei Ihnen und Ihrer Schwester«, sagte ich.

»Nein«, sagte sie laut, »bei uns allen, er hatte seine Arbeit satt und alles, die Leute, das Viertel ...«

»Sie auch?«

»Mich auch.«

Sie trank aus, blickte zum Kühlschrank, strich über die zusammengefaltete Schürze auf ihren Knien.

»Und am Donnerstag ist er noch mal zurückgekommen«, sagte ich. Das Bier machte mich noch hungriger.

»Was?«

Sie stand auf, ging zum Ausguss, spülte das Glas, trocknete es ab und sah kein einziges Mal zu mir her.

»Am Donnerstag ist er noch einmal zurückgekommen, und als er weg war, haben Sie Anzeige erstattet. Sein Besuch war der Auslöser. Warum ist er noch mal zurückgekommen?«

»Das weiß ich nicht!«, schrie sie. Sie ließ das Glas fallen und es zersplitterte. Ein paar Splitter trafen ihre nackten

Füße. Mühsam unterdrückte sie einen weiteren Ausbruch. Und Tränen.

Ich kniete mich hin und zupfte behutsam die Glassplitter von ihren Füßen. Ihre Füße waren kalt.

Dann lief sie ins Bad und sperrte ab. Ich hörte Wasser rauschen. Ich lehnte mich im Flur an die Wand.

Nach wie vor bewegte sie sich in ihrem Lügenhaus, sie hatte etwas zugegeben, etwas. Etwas, das die Tür nicht aufstieß. Sondern aufs Neue verschloss. Ich hatte nichts erfahren. Nichts, was ich nicht schon geahnt hätte.

»Gehen Sie bitte!«, sagte sie hinter der geschlossenen Tür.

»Warum haben Sie Anzeige erstattet?«, fragte ich.

Keine Antwort. Ich hatte Lust, zurück in die Küche zu gehen und das Bier auszutrinken. Und das tat ich dann auch. Anschließend stellte ich mich vor die Badezimmertür.

»Wir werden Ihren Mann nicht suchen«, sagte ich.

Sie sagte: »Dazu sind Sie verpflichtet.«

»Nein.«

Wir schwiegen. Stille. Die Fenster waren alle geschlossen. Im Flur brannte Licht. Die Fenster waren sauber geputzt, aber klein, in den zweiten Stock fiel keine Sonne. Ich betrachtete die Jacken und Mäntel an der Garderobe. Dann klopfte ich an die Badezimmertür.

»Hat Ihr Mann einen Lieblingsplatz? An der Isar. Irgendwo in der Stadt. Ein Gasthaus.«

Ich bekam keine Antwort.

Ich klopfte wieder.

»Er hat keinen Lieblingsplatz.« Die Stimme klang, als

würde sich Frau Grauke ein Handtuch vor den Mund halten.

Ich klopfte ein drittes Mal.

Ein Schlurfen war zu hören. »Seine Werkstatt ist sein Lieblingsplatz.«

»Ich möchte die Werkstatt sehen.«

»Jetzt?«

»Unbedingt!«

In der Schusterei hing der Geruch von Leder, Klebstoff und Gummi, von Moder und altem Gemäuer. In der Ecke stand ein klappriger Ölofen, die Regale waren voller Schuhe, ebenso die Ablage der Schleifmaschine. Vor dem Fenster ein Holztisch, übersät mit Utensilien, darunter ein Stapel Zeitungen.

Lotte Grauke war in der Tür zum Treppenhaus stehen geblieben, nachdem sie aufgesperrt und das Licht angeknipst hatte.

Ich schaute mich um. Und sog den Geruch ein. Schon als Kind auf dem Land, wo ich aufgewachsen war, hatte ich ganze Nachmittage beim Schuster Vollenklee verbracht, der immer dieselbe grüne Schürze trug, mit seinem runden Hammer um sich schlug und manchmal den Arm hob und in meine Richtung fuchtelte, was mich erschreckte.

Unter dem schweren Holztisch entdeckte ich zwei leere Bierflaschen.

»Trinkt Ihr Mann bei der Arbeit?«

»So wie Sie«, sagte Frau Grauke.

Ich stellte die zwei Flaschen auf den Tisch.

Frau Grauke atmete tief ein. Und schwieg.

An einer der Flaschen war ein Abdruck. Wie von Lippenstift. Ich roch daran. Dann roch ich an der anderen Flasche. Dann stellte ich die Flaschen wieder unter den Tisch.

»Kommen Sie oft hierher?«, sagte ich.

Sie sagte: »Nie.«

»Arbeiten Sie?«

»Manchmal. In einer Schneiderei. Ich helf da aus.«

»Wo ist die?«

Sie nannte mir die Adresse. Auf einem der beiden Schemel lag zusammengerollt eine braune Wolldecke und darauf ein Kissen. Ich sah zu Frau Grauke, die so tat, als beachte sie mich nicht. Ein paar Mal drehte sie den Kopf nach hinten. Anscheinend fürchtete sie Nachbarn zu begegnen.

Neben der Nagelmaschine sah ich ein blaues Knäuel. Ich bückte mich. Ein Schlafsack, in die Ecke gestopft. Ich roch daran.

»Hat Ihr Mann hier geschlafen?«, sagte ich.

Sie sagte: »Wozu denn?«

Das reichte für heute. Ich ging ins Treppenhaus.

»Warum ist Ihr Mann weggegangen, Frau Grauke?«

Mittlerweile hatte sie sich wieder unter Kontrolle. Vielleicht hatte sie im Bad eine Tablette genommen. Sie sperrte ab und spielte mit dem Schlüsselbund.

»Ich kanns Ihnen nicht sagen«, sagte sie. Sie schaute zu mir hoch und grinste eine Sekunde lang. Kein Lächeln, ein Grinsen.

»Möchten Sie, dass er zurückkommt?«

Sie ging zur Treppe. Sie hatte jetzt Sandalen an. Sie legte die Hand aufs Geländer und blieb stehen.

Draußen fuhren die Autos schneller, die Kinderstimmen klangen aufgeregt, es waren keine Lastwagen mehr unterwegs, keine Mülltonnen und Container schepperten. Wer jetzt hupte, tat dies, weil er es eilig hatte, und nicht, um jemanden zu grüßen. Im Treppenhaus duftete es nach Essen.

»Wieso hätt ich sonst die Anzeige gemacht?«, sagte Frau Grauke. Sie drehte sich nicht zu mir um.

»Vielleicht weil Ihre Schwester Sie überredet hat.«

»Nein«, sagte sie und stieg die Stufen hinauf. Sie ging gebückt, mit der Hand fest den Holzlauf des Geländers umfassend. Als wäre sie auf einmal alt. Und zermürbt von allen Fragen.

Als hätte es für sie plötzlich keinen Sinn mehr, auf ihren Mann zu warten.

Und die Anzeige war nur eine Art eheliche Verpflichtung gewesen, die freundliche Einhaltung eines ungeschriebenen Paragrafen.

3

»Wenn es keine konkreten Hinweise gibt, lassen wir die Sache erst mal liegen«, sagte Volker Thon.

Ich hatte ihm von meinen Gesprächen berichtet, er hatte zugehört, ein Zigarillo geraucht und gelegentlich an seinem Halstuch genestelt. Thon liebte diese Zusammenkünfte kurz vor Dienstschluss. An einem Tisch zu sitzen, Informationen auszutauschen, Wertungen vorzunehmen, Meinungen offen darzulegen, daraus bestand für ihn das Wesen der Polizeiarbeit. Teamgeist plus Kommunikation ergab nach seiner Rechnung größtmögliche Effektivität.

Mir gegenüber saßen Martin Heuer und Sonja Feyerabend, die Thons Zigarillorauch mit der Hand wegwedelte, sich aber nicht zu protestieren traute. Neben mir saß Paul Weber, mit neunundfünfzig Jahren der älteste Kommissar der Vermisstenstelle. Insgesamt waren wir dreizehn Beamte im Kommissariat 114. Nach dem Ausscheiden von Klaus Grieg, der zum LKA Berlin wechselte, blieb dessen Stelle fast ein Jahr lang unbesetzt. Dann erfuhren wir, dass sich Sonja Feyerabend beworben hatte. Niemand stimmte gegen sie. Und Funkel hatte nichts dafür getan, ihre Bewerbung intern zu forcieren.

»Suizid ist hundertprozentig auszuschließen?«, fragte Thon.

Natürlich sagte ich: »Nein.« Obwohl ich vorher lange erklärt hatte, dass ich nicht damit rechnete und es keine Hinweise in dieser Richtung gebe. Davon war ich überzeugt. Trotzdem musste ich diese Frage mit Nein beantworten. Praktisch gab es keine einzige Vermissung mit einem eindeutigen Nein am Anfang.

Dies war eine Angst, die wir nicht zuließen. Eine Angst, die uns beigebracht worden war, vom ersten Fall an. Eine Angst, die berechtigt war und uns vor Fehlern schützte. Vor Fehlern, die nicht zu korrigieren waren.

Diese Form der Angst teilten wir mit den Kollegen vom K 112. Sie waren hauptsächlich zuständig für Polizeileichen und Selbsttötungen. Wenn sie bei einer Person, die nicht eines natürlichen Todes gestorben war, ein winziges Detail übersahen oder den Beteuerungen von Hinterbliebenen eines Suizidenten vorschnell glaubten, kam möglicherweise ein Täter unentdeckt davon. Für immer.

Wenn wir bei einer Vermissung überzeugt davon waren, es handele sich um eine Hupfauf-Sache oder um einen Langzeitaussteiger, der sein Verschwinden exakt geplant und seine Spuren penibel verwischt hatte, die Person aber später tot aufgefunden wurde, gab es niemanden, den wir dafür verantwortlich machen konnten. Niemanden außer uns selbst. Bei einem Verbrechen ebenso wie bei einer Selbsttötung. In den Augen der Angehörigen waren wir dann Gottes elendste Versager. Und vielleicht waren wir das wirklich. Vielleicht hätten wir den Tod verhindern können. Vielleicht hätten wir den Tod verhindern müssen. Warum hatten wir zu lange gezögert? Warum hatten wir die Lage falsch eingeschätzt? Warum waren wir zu routiniert gewesen?

Davor hatten wir Angst.

Es war eine antrainierte Angst.

Seit ich in der Vermisstenstelle arbeitete, seit zwölf Jahren, hatten wir immer Glück gehabt. Wir waren wachsam und in keinem Fall nachsichtig gewesen.

Und dennoch hatten wir viele Selbstmorde nicht verhindert. Und Verbrechen an Verschwundenen.

Wir machten uns deswegen Vorwürfe. Wir sagten nicht, wir hätten alles richtig gemacht, wie sollten wir das jemandem sagen? Entschuldigen Sie, wir haben alles richtig gemacht, wir sind nicht schuld am Tod Ihres Mannes, Ihrer Frau, Ihres Bruders, Ihrer Geliebten?

Was Selbstmord betraf, so glaubte ich nicht daran, dass man jemanden, der entschlossen dazu war, an seiner Tat hindern konnte. Das war wie bei den Langzeitaussteigern, sie tüftelten und arrangierten, monate-, vielleicht jahrelang. Und dann waren sie wie vom Erdboden verschluckt. Manche von ihnen hatten längst ein zweites Leben geführt, abseits des offiziellen, allgemein bekannten.

Nein, ein Selbstmord in der Sache Grauke war nicht auszuschließen.

Aber ich glaubte nicht daran.

Ich sagte: »Ich führe morgen ein paar Vernehmungen durch.«

Genauso gut hätte ich sagen können: Morgen komme ich wieder zur Arbeit.

Ich wollte hier raus. Es war fast sieben Uhr. Ich hatte meine Aufzeichnungen getippt und ausgedruckt und kopiert,

ich hatte mir den E-Bogen mit den Namen der Hausbewohner durchgesehen, ich hatte einen Plan für den
nächsten Tag skizziert, ich wollte hier raus.

»Du arbeitest weiter mit Frau Feyerabend«, sagte Thon.

Ich sagte: »Ja.«

»Ist was?«

Ich hob die Hand und lehnte mich zurück. Martin schob
seine Salem mit der Zunge von einer Ecke des Mundes in
die andere. Sonja drehte sich von ihm weg. Was er endlich bemerkte.

»Entschuldige.« Er drückte die Zigarette aus. »Musst halt
was sagen!«

Martin duzte ohne Umschweife. Er war ein Gasthausbewohner.

»Was macht dein Dichter?«, fragte Thon.

Martin kratzte sich am Kopf. Seine restlichen Haare for-
mierten sich zu einem Kranz, den er jedes Mal ordnete,
wenn er sich am Kopf kratzte.

»Spinnt immer stärker«, sagte er.

Zu unseren Aufgaben im K114 gehörte auch die Be-
schäftigung mit den Werken verhaltensgestörter Briefe-
schreiber.

Martins aktueller Poet beschimpfte eine siebenundvier-
zigjährige allein stehende Frau in Harlaching. Sie hatte
sich vor zwei Jahren scheiden lassen und lebte seitdem in
einer hundertfünfzig Quadratmeter großen Wohnung –
für fünfhundert Mark. Die restlichen siebzehnhundert
bezahlte ihr Exmann. Sie arbeitete als Redakteurin bei

einem Frauenmagazin, in dem sie ihr Briefproblem schon in mehreren Berichten ausgebreitet hatte.

Natürlich meldeten sich eine Menge Frauen, die ähnliche Briefe erhielten.

Wir kannten sie alle.

Wir kannten auch die Absender. Den meisten von ihnen konnten wir nichts nachweisen. Die Übrigen wurden dazu verurteilt, sich in psychologische oder psychiatrische Behandlung zu begeben.

Chardonnay zu überführen, war kompliziert. Er war Rechtsanwalt, gewieft, charmant, zuvorkommend. Martin benannte die anonymen Autoren nach Getränken. Einer hieß Obstler, ein anderer Silvaner, ein dritter Korn. Dr. Harlaching hatte den Spitznamen Chardonnay, weil er diese Sorte Wein schätzte, wie Martin bei einem seiner Besuche in der Kanzlei festgestellt hatte.

Im Angesicht der untergehenden Sonne auf dem Nockherberg las Martin mir aus dem jüngsten Brief vor. Der Biergarten war voll besetzt, und wir achteten darauf, nur dann eine frische Maß zu holen, wenn die Schlange am Ausschank kurz war.

Chardonnay hatte die Fäkalebene erreicht.

Martin faltete die Kopie des Briefes zusammen und steckte sie ein.

»Möge es nützen!«, sagte er und hob das Glas. Irgendwo hatte er gelesen, dass dies die Übersetzung von Prost sei.

Wir stießen an und tranken.

»Wie wars mit Sonja?«, fragte er.

Ich sagte: »Gut.«

»Seid ihr euch näher gekommen?«

»Nein.«

Die Sonne schien mir genau ins Gesicht. Als würde sie mich meinen.

Martin zeigte mir einen Artikel in der Zeitung vom nächsten Tag, die er kurz zuvor gekauft hatte.

»Einsamkeit macht krank«, las er vor, »kann Depressionen und Ängste auslösen. Soziale Kontakte dagegen können heilen.«

»Grüße an Chardonnay«, sagte ich.

»Die Psychologin sagt«, sagte Martin, »nicht jeder, der allein lebt, ist gleich ein Fall für den Therapeuten. Das sagst du auch immer.«

Ich hatte die Augen geschlossen.

»Die Zahl der Angst- und Depressionspatienten steigt an. Schuld an der Vereinsamung trägt zum Teil sicher die exzessive Nutzung des Internets. Unsinn. Aber die Therapeutin sieht nett aus. Trinken wir noch eine?«

»Unbedingt.«

Ich hörte Papiergeraschel und Gläsergeklirre. Dann Schritte auf dem Kies. Wie von einer alten schweren Person. Aber Martin war dünn. Er war dürr. Er war immer schlank gewesen, doch seit einigen Jahren körperte er ab, wie Frau Grauke vielleicht gesagt hätte. Wir waren beide in Taging aufgewachsen und er war es gewesen, der mich überredet hatte, Polizist zu werden. Von meiner Zukunft hatte ich nie eine Vorstellung gehabt. So wenig wie er. Wenn es nach ihm gegangen wäre, wären wir bei der Schupo geblieben, doch das wollte ich nicht. Ich wollte nicht mein Leben lang eine Uniform tragen und in einem uniformierten Auto fahren.

Sollte Martin allerdings den Dienst quittieren, würde ich ihm nicht folgen. Vielleicht würde ich eines Tages gezwungen sein aufzuhören, dann würde ich nicht zögern. Selbst zu kündigen hatte ich nicht vor. Bis zu diesem Zeitpunkt jedenfalls. Die Ordnung meiner Arbeit befreite mich aus der Arktis der Wände, zwischen denen ich in vielen Nächten hauste.

Ich schlug die Augen auf. Und las: »Die Bedeutung der Gruppe für Krankheit und Gesundheit.«

Die Sonne war untergegangen.

Mit zwei Maßkrügen in der Hand kam Martin zurück. Er knallte die Glaskrüge auf den Tisch, setzte sich und stöhnte. Er schwitzte. Auf seiner Knollennase traten die Adern dunkel hervor. Seine Haut war grau.

»Zu wenig Gruppe«, sagte ich.

Er sagte: »Möge es nützen.«

Wir tranken.

»Da macht das Beamtensein Sinn«, sagte Martin. Er warf einen letzten Blick auf das Foto der netten Therapeutin und stellte seinen Krug auf die Zeitung. »Glaubst du, die Schwestern wissen, wo der Mann ist?«

»Nein.«

»Wieso nicht?«

»Weil sie dann keine Anzeige erstattet hätten.«

»Vielleicht wollen sie ihn auf diese Weise zwingen zurückzukommen.«

»Kann sein. Trotzdem müssen sie nicht wissen, wo er ist.«

»Und der Lippenstift auf der Flasche?«, sagte er.

Ich sagte: »Das ist die Spur.«

»Er war also gar nicht so einsam in seiner Schusterei.«

Martin trank schnell. Das bedeutete, er hatte noch etwas vor.

»Schläfst du wieder nicht?«, sagte ich.

»Doch.«

Das sagte er immer.

»Wo gehts hin?«, fragte ich. Ein Rest der großen Breze, die wir zu den Schweinswürsteln gegessen hatten, war noch übrig und ich biss ein Stück ab.

»Muss sehen«, sagte er.

»Komm mit mir mit!«

Merkwürdige Idee. Eigentlich hatte ich vorgehabt, erst morgen noch einmal in die Kneipe zu gehen, in der ich heute schon gewesen war. Aber wenn ich Martin ansah, wollte ich plötzlich mit ihm zusammenbleiben, auf ihn aufpassen. Lächerlich. Er war dreiundvierzig, er passte selbst auf sich auf, seit er denken konnte, er hatte immer die Pläne geschmiedet, nicht ich. Er hatte damals dafür gesorgt, dass wir gut bezahlte Ferienjobs bekamen. Er hatte mich davon abgehalten, nach einem Jahr als Kommissar die Sache bleiben zu lassen. Er passte schon auf.

Vielleicht wollte ich wegen mir, dass wir zusammenblieben. Vielleicht wollte ich nur nicht in meine Wohnung zurück. Vielleicht hatte mich die verlassene, staubige Schusterei mit dem zusammengeknüllten Schlafsack in der Ecke an etwas erinnert, das die Sonne, das Bier, der blühende Tag nicht verdrängen konnten. An einen Sonntag, an eine Küche.

»Ich komm nach«, sagte Martin. Er hatte seine Maß ausgetrunken, wischte sich übers Gesicht und zündete sich eine Salem an.

Ich erklärte ihm, wo sich die Kneipe befand.

Er sagte: »Weiß ich doch.«

Dann schwiegen wir. Um uns herum wurde gegessen, getrunken, geredet, Karten gespielt. Kinder weinten, Hunde bellten. Die Bäume waren übervoll von grünen Kastanienigeln. Der Geruch von gegrillten Fischen und Hühnern zog durch den Biergarten. Niemand hatte es eilig. Außer Martin.

»Wieso war Sonja nicht bei ihrer Freundin zum Haareschneiden?«, sagte ich, als könnte ich ihn aufhalten. Er war schon aufgestanden.

»Das hat sie nur so gesagt, sie hatte einen Termin wegen der Wohnungsauflösung.« Er stellte unsere schmutzigen Teller auf das orangefarbene Tablett und hielt nach jemandem Ausschau, der es abholte.

»Sie trennen sich?«, sagte ich.

Er sagte: »Im Urlaub kommts raus.«

»Lass stehen!«, sagte ich. »Ich bleib noch da.«

Er klopfte mir auf die Schulter und ging. Vor morgens um vier würde er nicht zu Hause sein. Auf diesen Touren wollte er für sich sein. Hinterher erzählte er mir davon. Falls ich ihn fragte. Von sich aus sagte er nichts. In den Bars wussten alle, dass er von der Polizei war, die meisten hielten ihn für einen Alkoholiker.

Das war er nicht. Er war Trinker.
So wie ich. Nur dass ich weniger trank als er.
Aber die Gründe waren die gleichen.

4 Die Tür stand offen, und ich ging rein. Lauter Frauen. Sie saßen an Tischen und redeten. Als sie mich sahen, verstummten sie synchron. Hörte sich gut an.

»Grüß Gott!«, sagte ich.

Eine Frau sagte: »Was wollen Sie?«

»Kennt jemand von Ihnen den Schuster Grauke?«

Alle schwiegen. Ich auch. So verging eine halbe Minute in Harmonie.

Die Räume des »Ragazza« waren karg eingerichtet, ein funktionaler Aufenthaltsort, kein Wohnzimmer. Die elf Frauen, die heute da waren, schätzte ich auf ungefähr zwanzig Jahre. Viele rauchten, einige tranken Orangensaft.

»Ja«, sagte eine Frau in einem grauen Pullover, der viel zu warm war für diesen Abend.

»Er ist verschwunden«, sagte ich.

»Sind Sie von der Polizei?«

»Ja.«

»Zeigen Sie uns Ihren Ausweis!«, sagte eine Frau, die aus dem Nebenraum kam. Sie war älter als die anderen, Ende dreißig, und hatte einen fast kahl geschorenen Kopf. Was ihrer zarten Erscheinung nichts Abstoßendes gab, ihr Gesicht wirkte dadurch eher weicher, durchsichtiger.

»Okay«, sagte sie und gab mir das blaue Plastikteil zurück. »Ich bin Sina Frank.«

»Kennen Sie Herrn Grauke, Frau Frank?«

»Sina«, sagte sie.

Ich sagte: »Tabor.«

»Flüchtig.«

»Gibt es eine Frau hier, die ihn näher kennt?«

Einige schüttelten den Kopf.

»Waren Sie mal bei ihm?«, fragte ich Sina.

»Ich bin mal vorbeigegangen, schon öfter, er saß immer da und hat gearbeitet, ich hab mir immer gedacht, wenn ich mal Schuhe zum Richten hab, geh ich zu ihm. Hat sich aber nicht ergeben. Elke war, glaub ich, mal dort.«

»Ist Elke eine von Ihnen?«, fragte ich.

»Nein«, sagte Sina.

»Kommt sie heut noch?«

Sina sagte: »Das weiß man bei der nie. Die kommt nur so vorbei, sie ist ... sie ist schon siebenundzwanzig, sie hat einen Job, manchmal wenigstens ... Und sie nimmt auch keinen Rat an ...«

»Was für einen Rat?«, fragte ich.

»Zum Beispiel, was den Umgang mit Männern betrifft.«

Wir redeten noch über andere Frauen, die Grauke vom Sehen kannten, aber noch nie in seiner Werkstatt waren, dann verabschiedete ich mich.

Es war fast dunkel. Vielleicht zweiundzwanzig Grad warm. Ich kam am Haus der Graukes vorbei, an der Werkstatt. Ich stellte mich vor die Tür und spürte einen kühlen Hauch, der durch das Blechrollo, durch die Scheibe, aus dem Innern des dunklen Kabuffs drang. Ich lehnte meine Stirn gegen das Rollo.

»Probleme?«

Ich drehte mich um. Im ersten Augenblick dachte ich, es sei Martin.

»Servus!«, sagte ich.

Klausi nickte. Er hatte die gleiche klapprige Gestalt wie Martin und eine ähnlich farblose Jacke an.

»Ich geh ins Stüberl, kommst mit?«

Wir gingen hin. Er torkelte, bemühte sich aber um einen aufrechten Gang.

Eine junge Frau, die Susi hieß, beschimpfte einen jungen Mann mit Brille, der Peter hieß und den sie ununterbrochen beim Namen nannte. Es ging um ihren Freund, der auch Peters Freund war und offenbar eifersüchtig auf Peter war, obwohl Susi ihm keinen Grund dafür gab, auch wenn er, Peter, sie ständig anmachen würde, was Peter abstritt. Meiner Meinung nach, überzeugend.

Ich saß am Tresen, Klausi an seinem Fensterplatz. Er trank Weißbier, ich Helles. Drei Striche waren schon auf meinem Deckel.

»Oft war die nicht hier«, sagte Alex und trank Spezi. Im Gegensatz zu mir schien er Susis Keifen nicht einmal von ferne zu hören. Dabei stand sie direkt neben uns.

»Kam sie mit ihrer Schwester?«, fragte ich.

»Was hastn du gemacht, als ich aus der Dusche gekommen bin, hm?«, sagte Susi.

»Die Paula«, sagte Alex. »Glaub schon, ja, mit ihrer Schwester, der Lotte, die ist ja nett. Die Paula macht immer rum, nörgelt leicht ...«

»Gar nix«, sagte Peter, »ich hab den Winnie angerufen und ihm gesagt, er soll herkommen ...«

»Der Grauke war aber nie dabei«, sagte ich.

»Der kommt allein«, sagte Alex. Er schaute zu Klausi, nickte und holte eine neue Flasche Weißbier aus dem Kühlschrank. »Der trinkt nicht in Gesellschaft, der Max, der stellt sich hier hin, bestellt seine drei bis vier Bier, trinkt die und geht wieder. Was soll der auch groß reden, der erlebt ja nichts, sitzt in seiner Werkstatt und fertig.« Er hatte das Bier eingeschenkt und brachte es Klausi.

»Der Winnie ist so blöd und gibt dir unsern Schlüssel«, sagte Susi, »und du übernachtest bei uns, wenn er nicht da ist ...«

»Ich hab dich vorher gefragt!«, sagte Peter.

»Und was war, als ich aus der Dusche gekommen bin in der Früh? Was war da?«

»Nix war da!«, sagte Peter. »Ich hab den Winnie angerufen und dann bin ich gegangen.«

»Du lügst, weißt du das? Du bist ein Lügner, Peter, du lügst nur rum, du lügst sogar deinen besten Freund an.«

»Hör auf, Susi, lass mich in Ruhe, ich hab dir nix getan ...«

»Magst noch eins?«, fragte Alex Susi.

»Was meinst du, von wem ich die blauen Flecken hab? Ha? Was, Peter? Was ist? Du weißt genau, der vertragt nix, der Winnie, das weißt du genau, und trotzdem gehst du mit ihm immer zum Saufen.«

»Magst noch eins?«, fragte Alex wieder.

Susi ignorierte ihn. »Weißt du, wie viel Geld der im Monat aufn Kopf haut, Peter? Der vertragt nix, und das weißt du genau!«

»Lass mich in Ruhe!«

»Noch eins?« Diesmal meinte Alex mich.

Ich nickte.

»Ich trink aus der Flasche«, sagte ich.

»Bei mir nicht«, sagte Alex. Er schenkte ein, machte den Strich, zündete sich eine Zigarette an.

»Und der ist so gutmütig und gibt dir auch noch unsern Schlüssel!«, sagte Susi laut und dann schwieg sie abrupt.

Ungestört sang Tina Turner »Nutbush City Limits«.

Dann fing Susi wieder an. »Du bist echt das Letzte, Peter, du kommst zu mir in die Wohnung, wenn der Winnie nicht da ist ...«

»Hab ich dir was getan?«, sagte Peter. »Hab ich dir was getan? Hab ich dir was getan ...«

Er wiederholte die Frage noch ungefähr vierzehnmal, und ich setzte mich zu Klausi. Der lud mich zu einem Obstler ein.

»Es ist ganz klar ein Unterschied, ob die Taliban da in Afghanistan ein Weltkulturgut zerstören oder ob die Russen unsere Beutekunst nicht rausrücken«, sagte Klausi.

»Unbedingt«, sagte ich.

Es kamen die Obstler.

Neue Obstler kamen.

Im Dezernat hatte jemand eine Diskette für mich abgegeben. Thon gab sie mir. Er sah mir dabei zu, wie ich sie in den Computer schob. Die Datei hieß Grauke. Ich konnte sie nicht öffnen. Etwas klemmte. Ich nahm die Diskette heraus und versuchte es ein zweites Mal. Nichts zu machen. Ich war wütend. Ich suchte Martin, der in der Lage war, die Technik auszutricksen.

Während ich von einem Büro zum nächsten ging, überlegte ich, ob das überhaupt stimmte, dass Martin auf diesem Gebiet ein Ass war. War er nicht vielmehr genauso ratlos wie ich, wenn es Probleme mit dem Rechner gab? Ich war verwirrt.

Paul Weber sagte, Martin sitze im »Café Maxi«. Das türkische Lokal befand sich im Untergeschoss unseres Gebäudes. Ich lief die Treppe hinunter. Martin war nicht im Café. Niemand hatte ihn gesehen. Ich kehrte in mein Büro zurück und probierte es noch einmal.

»Lass mich das machen!«, sagte Thon. Er setzte sich an meinen Schreibtisch, tippte eine Weile und gab dann auf. Viele Kollegen liefen herum, aber keiner hatte Zeit.

Ich versuchte es weiter. Und endlich klappte es. Ich klickte die Datei an und sie ließ sich öffnen. Ich druckte sie sofort aus.

Als ich mich umdrehte, lagen die Ausdrucke schon auf meinem Tisch. Sehr merkwürdig. Noch merkwürdiger war, dass es sich bei den Ausdrucken um zwei große runde Pizzastücke handelte, mit dünnem Boden und einer Menge geschälter Tomaten, Gewürzen und frischem Basilikum. Selten zuvor hatte ich eine so appetitliche Pizza gesehen. Ich bestaunte sie. Meine Kollegen nahmen keine Notiz von mir. Also fing ich an zu essen. Auch Martin nahm sich ein Stück, der mir plötzlich gegenüber-saß.

»Jetzt kommen wir endlich weiter«, sagte er.

Diese Lampe hatte ich noch nie gesehen. Und seit wann gab es hinter meinem Bett eine Holzwand?

Ich schreckte hoch. Eine braune Wolldecke rutschte von meinem Oberkörper. Ich lag auf der Bank am Fenster, wo ich mit Klausi gesessen hatte. Die Kneipe war dunkel. Wie spät? Langsam beugte ich mich vor. Mein Kopf summte bestialisch. In meinem Mund schien kein Trop-fen Speichel mehr zu sein. Vage dachte ich an den Pizza-traum.

Ich hustete. Dann drehte ich mich zur Tür. Sie war abge-schlossen.

Alex hatte mich eingesperrt. Ich konnte mich nicht daran erinnern, dass ich mich hingelegt hatte.

Ich hob die Decke auf. Sie sah aus wie die in Graukes Schusterei.

Mir blieb nichts anderes übrig als bis zum Morgen zu warten. Wann machte das Stüberl auf?

Aus dem Kühlschrank holte ich mir eine Flasche Wasser und trank sie aus. Neben den Toiletten gab es einen Hin-terausgang, der natürlich auch abgeschlossen war.

Warum hatten sie mich nicht geweckt? Wieso war ich eingeschlafen? Dachten sie, einen Polizisten dürfe man allein zurücklassen? Er würde schon nichts klauen? Nicht randalieren? Ganz falsch.

Der Mann vom Schlüsseldienst, den mir die Kollegen

vom Bereitschaftsdienst organisiert hatten, war nach zwanzig Minuten da. Er hatte keine Mühe damit, das Schloss am Hintereingang zu knacken und anschließend wieder abzusperren.

Für die Biere, die Schnäpse und das Telefongespräch legte ich Alex fünfzig Mark auf den Tresen.

Durch den dämmernden Tag ging ich nach Hause. Getöse im Kopf, ein Zucken in den Beinen. In einem Raum zu sein, den ich nicht aus freien Stücken verlassen konnte, versetzte mich in blanke Panik.

Immer wieder blieb ich stehen und atmete mit weit offenem Mund.

5 Anders als Martin, der, wie er mir erzählte, um halb fünf nach Hause gekommen war und dann sechs Stunden geschlafen hatte, lag ich zwar schon um vier im Bett, konnte aber nicht einschlafen. Um halb sechs stand ich auf, zog mich an, ging den Weg, den ich aus dem Glockenbachviertel zwei Stunden zuvor in umgekehrter Richtung gegangen war, wieder zurück und setzte mich auf eine Bank am Isarhochufer. Ich schaute hinüber zum Fluss. Es dauerte nicht lang, bis die ersten Jogger auftauchten, die ersten Hunde, die ersten Hundebesitzer.

Zwei grüne Kollegen verlangten meinen Ausweis. Danach entschuldigten sie sich. Wofür, war mir nicht klar. Ich saß da und übte Schweigen.

Ich dachte an den Fluss. Isara rapidus. Flussnamen waren immer maskulin. In diesen Wochen war er grün, die Chemikalien hatten eine wunderbare Tarnfarbe. Das Baden war seit Jahren verboten. Im Sommer kamen die Flöße aus dem Oberland, voll beladen mit Gaudiburschen und Blaskapellen. An den Ufern brannten Grillfeuer, auf jeder Brücke konnte man die Schwaden riechen. Nach einer langen Reise mündete der Fluss in die Donau und mit ihr ins Schwarze Meer. Ich wurde an einem Bach geboren, der in einen Fluss überging, welcher sich wiederum mit der Isar vereinigte. So stellte ich mir als Kind oft vor, dass ich in einem Schlauchboot eines Morgens das Schwarze Meer erreichen würde, wo immer das sein mochte, jedenfalls am Ende der Welt. Und dort würde ich dann bleiben.

Weit war ich bisher nicht gekommen. Sechzig Kilometer. Und es sah nicht so aus, als würden es viel mehr Kilometer werden.

Ich dachte an den gestrigen Abend auf dem Nockherberg, an diese immer gleichen Momente, jedes Jahr von neuem, an die Sommertage, die diese Stadt veredelten. Wenigstens in meiner Vorstellung. An die Langsamkeit, an das Dasitzen und Zeit-verstreichen-lassen, an die Ordnung der Dinge, die aus nichts als einem Stuhl und einem Tisch bestand, an die vertrauten Geräusche, Schritte auf Kies, Stimmengebrumm, das Klirren der schweren Glaskrüge, Rufe, wenn einer zu spät kam und in der Menge Ausschau hielt.

Sicher gab es diese Orte und Momente in jeder Stadt. Aber ich kannte keine andere als diese, ich hatte nie woanders gelebt, ich war es gewohnt, hier zu sein.

So wie Maximilian Grauke gewohnt war, auf seinem Schemel zu sitzen und seinem Handwerk nachzugehen.

Für die Qual der meisten Menschen, die ich als Polizist traf, hatte ich ein Wort: Quemose. Zimmerlastigkeit. Es war mir in der Straßenbahn eingefallen. Ute behauptete, wenn es diese Quemose tatsächlich gäbe, dann hätte mich eine der schlimmsten Formen erwischt.

Ich war mir nicht sicher. Ich bildete mir ein, unbehaust zu sein, ein Draußener, einer, der sich vor fremden Wohnungen fürchtete, vor Gemeinschaften und jeglicher Tischgesellschaft. Einer, dem es passierte, dass er, wenn er umarmt wurde, ein klaustrophobisches Empfinden hatte. Und der dennoch in einem Beruf arbeitete, der auf Teamgeist und Kommunikationsfähigkeit basiert. Und der ständig gezwungen war, in fremde Wohnungen zu gehen, sich mit den unterschiedlichsten Menschen auszutauschen und eine Autorität darzustellen.

Wie Kris Kristofferson in meiner Jugend sang: »I'm a walking contradiction, partly truth and partly fiction ...«

Doch der Grund, warum ich ausgerechnet in der Vermisstenstelle der Kripo mein Leben verbrachte, hatte mit alldem nichts zu tun.

»Geflogen ist er nicht«, sagte Sonja Feyerabend, die ich von einer Telefonzelle am Rand des Viktualienmarktes aus anrief. Sie hatte mit einer Reihe von Reisebüros und Flughäfen telefoniert, nicht nur in Deutschland, auch in Österreich und der Schweiz. Sie hatte noch einmal mit Frau Grauke gesprochen und erfahren, dass deren Mann zwar einen Führerschein besaß, aber nie das Auto benutzte. Mit dem alten Audi fuhren entweder seine Frau oder seine Schwägerin. Der Wagen stand angeblich in der Ickstattstraße. Sonja hatte zur Kontrolle eine Streife hingeschickt.

Dann hatte Sonja noch etwas herausgefunden, das Frau Grauke so verstörte, dass sie anfing zu weinen. Sonja musste zu ihr fahren und neben ihr stehen, während sie mit ihrer Bank telefonierte.

Der Filialleiter persönlich bestätigte, Herr Grauke habe zwanzigtausend Mark vom Konto abgehoben, und zwar am vergangenen Freitag.

Das war genau die Hälfte ihrer Ersparnisse.

»Das darf der doch gar nicht!«, sagte Frau Grauke.

Genauso, wie er einfach weggehen durfte, durfte er so viel Geld vom Konto abheben, wie er mochte. Er hatte die Vollmacht, er brauchte seine Frau nicht zu fragen.

Anstatt wie geplant in die Kreuzstraße, ging ich in die Müllerstraße und sprach selbst mit dem Filialleiter.

Das hätte ich nicht tun müssen. Jemand, der sich zwanzigtausend Mark auszahlen ließ, hatte nicht vor sich umzubringen. Jedenfalls war die Wahrscheinlichkeit sehr gering. Blieb die Möglichkeit eines Verbrechens. War Grauke gezwungen worden, das Geld zu besorgen? War er womöglich entführt worden? War er in illegale Geschäfte verwickelt? Wurde er bedroht? Hatte er Schulden?

»Er war mufflig wie immer«, sagte Eberhard Vocke. »Er hat vorher angerufen und gesagt, er hätte gern das Geld.«

»Wann hat er angerufen?«

»Ende vorletzter Woche, glaub ich.«

»Könnten Sie das rausfinden?«

Er ließ mich allein in seinem Büro. Mit den Duftrückständen seines Rasierwassers. Dann kam er zurück, mit einem frohen Gesichtsausdruck, so froh, als wäre er soeben einstimmig in den Vorstand gewählt worden.

»Er hat nicht angerufen!«, sagte er und ließ sich in seinen Ledersessel fallen wie in Gegenwart von jemandem, dem er Lässigkeit demonstrieren musste. »Er war da. Er war da. Er war da.«

Seine rote Krawatte lag halb auf dem Tisch. Vocke beugte sich vor und sein ordentlich rasiertes Gesicht duftete schlicht. Ich beugte mich ebenfalls vor. Es gelang ihm nicht zu verbergen, dass er meine Fahne bemerkte.

Ich wusste, dass ich eine Fahne hatte, obwohl ich mir die Zähne geputzt hatte. Ute machte mich jedes Mal darauf aufmerksam, wenn ich Bier und Schnaps getrunken hatte und am Morgen mit ihr frühstückte.

Vielleicht hatte ich heute auch keine Fahne und den Filialleiter widerte nur mein unrasiertes Gesicht an. Er ließ sich zurückfallen, schlug die Beine übereinander und sagte: »Er ist selber vorbeigekommen.«

»Das hab ich verstanden«, sagte ich.

Er sagte: »Und zwar am Donnerstag. Sonst noch was?«

Er war hier der Chef, er kehrte zurück in seine Rolle. Und wir Banken, wir schützen unsere Kunden, unsere Kunden sind Könige, wir erteilen nicht einfach so Auskünfte an unrasierte, unangemeldete Polizisten.

»Haben Sie ihn gefragt, was er mit dem Geld vorhat?«

»Nein.«

»Interessiert Sie das nicht? Vielleicht geht er zu einer anderen Bank.«

»Wohl kaum.«

»Haben Sie mit ihm gesprochen?«

»Kurz. Es ist sein Geld, er kann es abheben, wann er will, das wissen Sie doch.«

»Das weiß ich. Und einen Tag später, am Freitag, kam er wieder, um das Geld abzuholen. Wie haben Sie es ihm ausbezahlt? In kleinen Scheinen?«

Das Telefon klingelte. Er nahm den Hörer, sagte: »Gleich«, und legte auf.

Lausige Vorstellung. Da trug er extra einer seiner Angestellten auf, bei ihm anzurufen und einen dringenden
Termin vorzutäuschen, und dann spielte er die Situation
nicht einmal aus.

Ich stand auf. Sofort erhob er sich ebenfalls.

»Hundertmarkscheine?«, sagte ich.

Er sagte: »Hunderter, Fünfziger ...«

»Wie hat er das Geld transportiert?«

»In einem Rucksack. Ich hab es leider eilig, Herr ... Sind
Sie dann so weit?«

Ich sagte: »Wie sah der Rucksack aus?«

»Das weiß ich nicht.« Er ging zur Tür und öffnete sie.

Ich ging an ihm vorbei in die Schalterhalle und drehte
mich zu ihm um. »Dann würde ich Sie bitten, in zwei
Stunden im Polizeirevier zu sein.«

Einen solchen Satz hatte ich vor zwanzig Jahren das letzte Mal gesagt, als ich noch auf Streife war und Phasen
von Wichtigtuerei hatte.

Die Bankkunden sahen zu uns her, die Angestellten nur
sehr kurz.

»Der war schwarz, der Rucksack«, sagte Vocke. Zu seinem
weißen Hemd und der roten Krawatte trug er hellblaue
Jeans. Leute, ich bin der Eberhard, ich bin der Chef, aber
lässig, haha.

»Hat er ihn sich umgeschnallt?«

Vocke sah mich an.

»Hat er sich den Rucksack umgeschnallt oder hat er ihn
in der Hand getragen?«

»Was?«

Ich blickte zur Uhr an der Wand.

»Er hat ihn ... ich glaub, er hat ihn ... er hat ihn ... Er hat das Geld reingetan, dann hat er ihn zugemacht und dann ... dann hat er ihn so rüber, über die Schulter ... Aber dann ... ja, dann hat er ihn in die Hand genommen, genau, wie eine Tasche. Genau. So ist er raus. Den Rucksack in der Hand.«

»Rucksack in der Hand«, sagte ich.

Dann sagte ich danke und ging.

Ein Lastwagen hielt an einer roten Ampel und seine Abgase fegten den Duftschweif von Vockes schlichtem Rasierwasser weg.

Der Mann, der sein Leben auf einem Schemel in einem Zwölf-Quadratmeter-Raum verbracht hatte, entpuppte sich als schlauer und lässiger Trickser.

Nachdem er offenbar einige Tage dazu gebraucht hatte, einen Plan zu zimmern, tauchte er am Donnerstag in seiner Bank auf, um anzukündigen, dass er am nächsten Tag zwanzig Mille haben wollte, in Hundertern und Fünfzigern. Niemand stellte Fragen, und wenn, dann hätte er jederzeit sagen können, er wolle seine Werkstatt renovieren, das hätte ihm jeder geglaubt. Was freilich absurd gewesen wäre.

Eine Veränderung war das Letzte, was sich Grauke auf seinem Schemel gewünscht hätte. Bis jetzt.

Und weil er schon mal in der Nähe war, besuchte er seine Frau. Garantiert stritten sie. Vielleicht hatte er sich inzwischen so eingelebt in seine Rolle, dass er ihr vorspielte, er würde nachgeben, würde wieder zurückkommen.

Als täte ihm alles sehr Leid. Dann sagte er, ich geh schnell ein Bier trinken, mach dir keine Sorgen!

Falsch. Sie wäre ihm sicher nachgegangen. Oder ihre Schwester, die ja dabei war. Falsch. Grauke ging *zuerst* in den »Rumpler« und das Stüberl und *danach* zu seiner Frau. Und dann verschwand er endgültig. Und sie wusste es. Sie wussten es beide. Er war noch einmal zurückgekommen, um sich auszusprechen. Das war der einzige Grund gewesen. Er wollte den Druck loswerden.

Und einen Tag später spazierte er ein zweites Mal in seine Bank. Mit einem schwarzen Rucksack. Mit dem er nicht zurecht kam. Er hatte ihn sich ausgeliehen.

Und er war sich so sicher, dass er seiner Frau nicht begegnen würde. Er kannte alle ihre Wege, auch wenn er sie nie begleitet hatte, weil er immer nur auf seinem Schemel saß. Sie hatte ihm tausendmal erzählt, wo sie einkaufte und welche Wege sie nahm. Lieselotte und Maximilian Grauke waren dreiunddreißig Jahre lang miteinander verheiratet, bei der Hochzeit war sie zwanzig und er sechsundzwanzig gewesen. Sie kannten sich beide auswendig.

Vielleicht leistete er sich ein Taxi, nachdem er in der Bank war.

Nein. Er wurde abgeholt. Jemand wartete auf ihn. Der Besitzer des Rucksacks. Eine Frau. Die Frau, die mit ihm in der Werkstatt Bier getrunken hatte.

Vielleicht.

Ich musste die Schwester zum Sprechen bringen.

6

»Sie sehen doch, dass ich keine Zeit hab, Sie gehen mir im Weg um!«

Paula Trautwein dekorierte einen Regalschrank. In dem Geschäft in der Kreuzstraße, wo sie arbeitete, gab es außer Gläsern in hundert Varianten Seidenblumen, Vasen, Tischsets, Schalen, Kerzen, Dosen und andere Alltagsdinge. Sie polierte Sektflöten, Cocktailschalen und Longdrinkgläser, wischte Staub aus den Regalen und ordnete die Gläser.

Ich stand ihr wirklich im Weg. Auch Ute beschwerte sich immer darüber.

»Erzählen Sie mir etwas über Ihren Schwager!«

»Der hat das ganze Geld abgehoben, das Schwein!«, sagte sie.

Ich sagte: »Warum haben Sie mich angelogen?«

Was sollte sie darauf antworten? Und sie sagte das, was alle sagten: »Es ging nicht anders.«

»Natürlich«, sagte ich.

Ich schaute sie an. Sie trug einen weißen Kittel, hatte ihre Haare am Hinterkopf zusammengebunden und sich stark geschminkt. Ihre Wangen waren zu rosa, ihre Lider zu dunkel.

»Leben Ihre Eltern noch?«

»Was?«

Die Frage verwirrte sie. Sie hörte vorübergehend mit der Putzerei auf. »Keine Ahnung«, sagte sie dann. »Ich mein, unseren Vater, der hat uns gezeugt und das wars dann.

72

Wahrscheinlich haben wir irgendwo eine Horde Geschwister.«

»Und Ihre Mutter?«

»Meine ist tot.«

»Sie haben verschiedene Mütter?«, sagte ich. Auch davon hatten die beiden uns bisher nichts erzählt.

»Gehen Sie mal da weg!«

Ich ging da weg. Sie hob einen Karton vom Boden auf und stellte ihn ins Regal.

»Lotte hat wenig Kontakt zu ihrer Mutter, die lebt immer noch in Schwabing. Allein. Wir sind Familienkrüppel.«

»Sie und Ihre Schwester sind doch enge Freunde«, sagte ich. »Und Maximilian ist nicht abgehauen wie Ihr Vater. Bis jetzt.«

»Maximilian!«, sagte Frau Trautwein und machte ein verbissenes Gesicht.

Die beiden Frauen unterschieden sich elementar in ihrer Reaktion auf Graukes Verschwinden. Lotte Grauke war fassungslos, dennoch erschien sie mir eher besorgt als beunruhigt, sie nahm sich zusammen, sie klammerte sich an den Gedanken, dass bald alles so wie früher sein würde.

Paula Trautwein dagegen war wütend. Als habe Grauke sie mit seinem Weggehen persönlich beleidigt. Sie machte ihn nieder und mich hielt sie für einen Versager, weil ich ihren Schwager noch nicht gefunden hatte. Und zurückhaben wollte sie ihn wohl nur deshalb, um ihm von Angesicht zu Angesicht die Meinung zu sagen.

Aber warum?

»Mehr kann ich Ihnen nicht sagen«, sagte sie und putzte weiter. »Rasieren Sie sich eigentlich auch mal?«

»Ja«, sagte ich.

Eine Kundin fragte sie nach Weißbiergläsern, und Paula schickte sie in den ersten Stock.

Mir fiel ein, dass ich Alex anrufen wollte.

Als ich ins Dezernat kam, klebte ein gelber Zettel an meinem Computer: »Bitte Alex zurückrufen!«

»Mach das nie wieder!«, sagte ich zu ihm. Ausführlich hatte er mir erklärt, wie gut er es mit mir gemeint habe.

»Du warst total am Ende, Mann!«, sagte er zum fünften Mal.

Ich sagte: »Sei froh, dass du den Schlüsseldienst nicht bezahlen musst.«

»Ja, ja. Hör mal, ich wollt dir noch was andres sagen: Der Franticek ist da.«

»Herzlichen Glückwunsch!«

»Das ist ein Freund vom Max, die haben früher Schafkopf gespielt, als der Max noch unter Leute gegangen ist. Der Franticek kennt den schon ewig, ich hab ihm gesagt, dass der Max verschwunden ist, und der Franticek sagt, das ist kein gutes Zeichen.«

»Gib ihn mir mal!«

»Er ist grad aufm Klo.«

»Sag ihm, er soll auf mich warten.«

Ich legte auf.

»Wir müssen ein Mädchen suchen.« Thon war ins Büro gekommen. Heute mit blauem Halstuch.

»Wen?«, sagte ich.

Er sagte: »Bettina Eberl.«

»Das ist allerdings unsinnig.«

Bettsy war eine Dauerläuferin. Sie war vierzehn und haute seit ihrem elften Lebensjahr regelmäßig von zu Hause ab. Ihr Vater war Lehrer, im Elternbeirat stellten einige Mitglieder inzwischen seine Qualifikation als Pädagoge in Frage, da er es offensichtlich nicht einmal schaffte, seine eigene Tochter zu erziehen. Seine Frau hatte wegen Bettsy eine Therapie begonnen, sie starb jedes Mal fast vor Angst.

»Herr Eberl hat mir gesagt, seine Frau hat heut Morgen Schnaps getrunken, mehrere Gläser, sie ist völlig fertig. Also, machen wir uns auf die Suche.«

»Sie kommt wieder, wie immer«, sagte ich.

»Bring sie zurück!«

»Sie ist am Stachus oder am Hauptbahnhof. Wie immer.«

»Die Kollegen waren schon dort, sie ist nicht da, niemand hat sie gesehen. Nimm Sonja mit!« Er nickte ihr zu und verließ das Büro.

Sonja studierte die neuesten LKA-Mitteilungen über unbekannte Tote.

»Weißt du, wo sie steckt?«, fragte sie.

Ich sagte: »Ja. Du brauchst nicht mitzukommen.« Dann rief ich im »Glockenbachstüberl« an. »Gib mir den Franticek!«

»Hier ist Kellerer«, sagte er.

»Süden. Wie lang sind Sie noch in der Kneipe?«

»Ich war grad in der Gegend, ich wohn ja eigentlich am Hasenbergl ...«

»Wie lange bleiben Sie noch in der Kneipe, Herr Kellerer?«

»Lang wahrscheinlich. Das heißt nix Gutes, dass der Max verschwunden ist.«

»Warum?«

»Weil der nicht einfach so verschwindet. Meiner Meinung nach ist der depressiv, verstehenS?«

»Wann haben Sie ihn zum letzten Mal gesehen?«

»Mei ... vor fünf Jahren vielleicht, vor sechs Jahren. Du, Alex ...«

»Wir sprechen später«, sagte ich.

Erst musste ich Bettsy in ihr geliebtes Elternhaus zurückbringen.

Obwohl die Kollegen schon dort gewesen waren, ging ich noch einmal zum Hauptbahnhof, gleich gegenüber unserem Dezernat, und anschließend ein paar hundert Meter weiter zum Stachus. Dort trafen sich die Jugendlichen im Untergeschoss oder auf dem Platz vor dem Brunnen. Wer schnelle Drogen brauchte, konnte sie hier kriegen.

Bettsy war nicht auf Drogen, sie haute nur ab, weil sie etwas erleben wollte. Was, wusste sie nicht. Achtmal war sie inzwischen ausgerissen, einige Male war sie freiwillig zurückgekommen, ansonsten hatten wir sie eingesammelt.

Ich sammelte sie ein.

Ich brachte ihre Freunde zum Sprechen.

Seitdem hielt sich das Gerücht, ich könne gut mit Kindern umgehen.

Was sollte ich dazu sagen? Dass das nicht stimmte? Dass ich mit Kindern nichts anfangen konnte? Sie wären bestimmt ein toller Vater, sagte einmal eine Mutter zu mir. Ich sagte: Wieso? Sie sagte: Das spür ich.

Mit Kindern hatte ich allerdings wenig zu tun. Vor allem mit Jugendlichen. Mit jungen Erwachsenen. Trotzdem wurden sie Kinder genannt, von den Eltern, von den Angehörigen, von meinen Kollegen: Das Kind ist weg.

Bettsy.

Einer ihrer Freunde, Hindu, stand wie immer neben der Eingangstür des McDonald's am Stachus. Er bettelte nicht. Er stand nur da und machte ein schmerzensreiches Gesicht. Er war fünfzehn, dürr und hatte seinen Kopf zur Hälfte kahl rasiert.

»Wo ist Bettsy?«, sagte ich.

Er sagte: »Stör mich nicht!«

»Wobei?«

Er sah den Leuten, die das Restaurant verließen, in die Augen, aber niemand reagierte.

»Soll ich dich mitnehmen?«, sagte ich. »Ich habs eilig.«

Seine schwarzrot karierte Hose war etwas stärker zerrissen als beim letzten Mal, und sein linkes, siebenmal gepierctes Ohr sah entzündet aus.

»Da kriegst du aber sauber Ärger mit meinem Alten«, sagte er.

Hindu, der eigentlich Sebastian hieß, war kein Jugendlicher. Er war kein Kind. Er war ein Baby. Abgesehen davon, dass er Haschisch rauchte und Bier trank, kehrte er brav jede Nacht nach Hause zurück. Sein Vater war

Beamter im Innenministerium, der manchmal im Dezernat anrief, wenn sich sein Sohn über die Behandlung durch meine Kollegen beschwert hatte. Auch über mich gab es eine Aktennotiz, vom Staatssekretär des Innenministers persönlich unterschrieben.

Als ich auf der Suche nach Bettsy erstmals mit Hindu zu tun gehabt und er den Ahnungslosen gemimt hatte, fuhr ich mit ihm zur Großhesseloher Brücke. Seit dem Neubau zweigte von der Brücke ein langer Seitenarm ab, auf dem man bis ans Ende gehen konnte. Diese Art Steg in ungefähr zehn Metern Höhe bestand aus Holzbohlen mit Zwischenräumen. Unten floss die Isar.

Ich nahm Hindu wie ein Kleinkind an der Hand und führte ihn auf den Steg. Schon nach wenigen Metern geriet er außer sich, eine Mischung aus Höhenangst und Agoraphobie. Er versuchte sich loszureißen, er fing an zu zittern, er weinte. Und ich ging einfach weiter. Mit einer Hand klammerte er sich ans Geländer. Zwecklos. Ich zerrte ihn hinter mir her. Dann ließ er sich auf den Boden fallen. Ich kniete mich neben ihn. Er schien kurz davor zu hyperventilieren.

Wo ist Bettsy?, fragte ich ihn. Er nannte mir den Namen eines Freundes, eine Adresse, Bettsys Lieblingskneipe, er händigte mir seine Ration Hasch aus, er klammerte sich an mich. Später, im Auto, bedankte ich mich bei ihm. Natürlich erzählte er seinem Vater davon, der informierte seinen Freund, den Staatssekretär, und der rief Funkel an und behauptete, sogar der Minister sei bereits in Kenntnis gesetzt worden.

Was ich Hindu nicht gesagt hatte, war, dass ich genauso viel Angst gehabt hatte wie er. Niemals wäre ich freiwillig über diese Brücke gegangen, schon gar nicht auf diesen aberwitzigen Steg. Auf einem Spaziergang waren Ute und ich einmal an dieser Brücke vorbeigekommen. Wir wollten auf die andere Seite des Flusses. Es blieb mir nichts anderes übrig als loszurennen. Mir war schwindlig, ich bildete mir ein, magnetisch an den Rand gezogen zu werden, den Boden unter den Füßen zu verlieren, vom Wind davongetragen zu werden wie der fliegende Robert, sogar ohne Schirm.

»Willst du einen Ausflug machen?«, fragte ich Hindu jetzt.

Er sagte: »Willst du arbeitslos werden?«

Ich schwieg. Blieb neben ihm stehen. Minutenlang. Er machte sich auf den Weg zum Brunnen. Einige Jugendliche hatten ihre Hemden ausgezogen und kühlten sich mit Wasser ab. Ich schlich hinter Hindu her wie ein unrasierter Schatten. Er wusste, dass er es nicht schaffen würde mich abzuschütteln.

Schließlich nannte er den Namen eines Mannes, bei dem Bettsy sein könnte. Bei dem war sie noch nie gewesen. Es war ein Kerl, zu dem man nur ging, wenn man dringend Drogen brauchte, harte Drogen.

»Du kommst mit!«, sagte ich.

»Nein.«

Kurz darauf saßen wir auf dem Rücksitz eines Taxis.

Im Schatten der Pappeln entlang der Leopoldstraße standen die Junkies dicht beieinander. Sie redeten. Sie waren auf dem Sprung. Sie sahen mich kommen und niemand hielt mich für einen Polizisten.

Hindu war im Auto geblieben. Ich hatte den Fahrer gebeten, auf ihn aufzupassen.

»Ich such Silvio«, sagte ich zu einem der jungen Männer. Er starrte mich an, er schwitzte. Eine Frau in einer abgeschabten schwarzen Lederjacke kam näher.

»Was willstn von dem?«, sagte sie. Ihre Stimme war kaum zu verstehen.

»Ich will ihn was fragen, ist privat.«

Der junge Mann drehte sich um. Ein anderer gab ihm eine brennende Zigarette. Die Frau kratzte sich den Daumen wund.

»Der ist bei seiner neuen Freundin«, sagte sie.

Ich sagte: »Wo?«

Sie sagte: »Am Siegestor in der Pension. Hast du was zu rauchen?«

»Nein.«

»Gib mir fünf Mark!«

Ich gab ihr zwei Mark und ging zum Taxi zurück.

Hindu schlug mir gegen den Arm. »Ich will jetzt gehen, das ist Freiheitsberaubung!«, brüllte er.

»Schrei hier nicht rum!«, sagte der Taxifahrer.

»Losfahren!«, sagte ich.

Ich wollte nicht in diesem Taxi sitzen, in dem es nach Zigaretten roch, weil Hindu rauchte, und nach Schweiß, den der Fahrer ausdünstete. Ich fand es sinnlos, dieses Mädchen einzufangen. Natürlich litt der Vater, die Mutter betrank sich, sie zweifelten an sich und ihren Fähigkeiten und verzweifelten. Natürlich war es meine Pflicht zu handeln. Jedes Jahr hauten fünfzigtausend Kinder von zu Hause ab, einige von ihnen landeten auf dem Straßenstrich und in der Drogenszene, einige fielen Verbrechen zum Opfer, einige verschwanden für immer. Die anderen trieben sich herum, wurden von Streetworkern begleitet, vom Kindernotdienst versorgt, holten sich regelmäßig ihre Päckchen mit Lebensmitteln in der Bahnhofsmission ab, schafften sich Hunde an, überlebten irgendwie.

Dabei ging es nicht um jene Kinder, die von Sexualstraftätern verschleppt, misshandelt und getötet wurden, es ging nicht um die grauenhafte Leere, die ein Mädchen oder ein Junge hinterließen, wenn sie nicht von der Schule zurückkehrten. Es ging nicht um den Schmerz der Eltern, die ahnten, dass nichts mehr so sein würde wie vorher.

Was ich mit einem Mädchen wie Bettsy anfangen sollte, wusste ich nicht. Oder mit Hindu. Ich redete mit ihnen und sie redeten mit mir. Wir benutzten dieselben Worte, aber wir verstanden uns nicht, weil wir zu weit voneinander entfernt waren. Sie hausten auf ihrem und ich auf meinem Planeten.

»Du wartest hier!«, sagte ich und stieg aus.

Hindu sprang auf der anderen Seite aus dem Taxi und wollte losspurten. Durchsichtiger Plan. Bevor er Luft holen konnte, schnitt ich ihm den Weg ab, packte ihn an der Schulter und schob ihn auf den Beifahrersitz.

»Passen Sie bitte noch mal auf ihn auf!«, sagte ich zum Fahrer.

Der Fahrer sagte: »Und was krieg ich dafür?«

»Fünfzig Mark extra.«

»Okay«, sagte er.

Hindu schlug die Knie aneinander. Für einen zweiten Fluchtversuch war er definitiv zu feige.

Im dritten Stock des alten Gebäudes an der Akademiestraße lag die Pension. Früher hatte ich öfter hier übernachtet, wenn mir die Wände in meiner Wohnung zu nahe kamen. Inzwischen quartierte ich mich in solchen Nächten in einer Pension ein, die nicht so weit entfernt lag wie diese.

»Servus, Süden«, sagte Nielsen, der Pächter.

Ich sagte: »Du vermietest immer noch an Junkies.«

»Niemals!«

»Silvio ist einer.«

»Kenn ich nicht.«

»Der Kerl, der mit dem Mädchen hier ist.«

Nielsen bohrte in seinem Ohr. »Der ist schon wieder weg. Die Mädels sind noch da.«

Er zeigte mir das Zimmer. Auf dem blassroten Teppich waren meine Schritte nicht zu hören. Die Garderobe, die Stühle, die Bilder, alles wirkte verstaubt. Doch die Zimmer waren sauber, auch die Bäder und Duschen, die sich auf dem Gang befanden. In den Zimmern gab es nur ein Waschbecken mit kaltem und warmem Wasser. Keine Bar, keinen Kühlschrank.

Ohne anzuklopfen trat ich ein.

Auf dem Bett saß ein Mädchen an die Wand gelehnt, die Decke bis zum Hals hochgezogen, mit aufgerissenen

Augen. Neben dem Bett stand ein zweites Mädchen mit gelben Haaren und einem Ring in der Nase. Bettsy.

»O nein!«, sagte sie.

Ich schloss die Tür.

»Wenn du näher kommst, spring ich aus dem Fenster, ich schwörs dir, ich spring raus!«

Ich ging zu ihr. Und drückte sie an mich. Ich drückte sie so fest an mich, dass sie keine Chance hatte sich zu befreien. Nach einer Minute gab sie auf. Ich hielt sie fest. Ihr Rücken war weich, sie trug einen schwarzen Pullover und schwarze Jeans. Ihre Lederjacke lag auf dem Tisch. Ihre Haare rochen nach Sommer. Und nach einem merkwürdigen Farbstoff.

So standen wir da, und das Mädchen auf dem Bett wagte nicht sich zu bewegen.

Dann ließ ich Bettsy los.

»Fang an«, sagte ich. Noch immer hielt ich ihre kalte Hand fest. Sie machte sich los, stieg aufs Bett und lehnte sich stehend an die Wand, neben ihre Freundin. Bettsy trug schwere Lederstiefel.

Das Mädchen hieß Maja. Wie Bettsy war sie abgehauen und an Silvio geraten, der ihr versprach, das Kokain, das sie dringend brauchte, zu besorgen. Vorausgesetzt, sie schlief mit ihm. Bettsy hatte die beiden miteinander bekannt gemacht und darauf bestanden mitzukommen. Während die beiden dann im Bett waren, wartete sie vor der Tür. Maja ging in dieselbe Schule wie Bettsy. Ihren Eltern war es mehr oder weniger egal, wann sie nach Hause kam, Hauptsache, sie schwänzte nicht dauernd.

Ich rief im Dezernat an und informierte Funkel. Er bestellte drei Zivilfahnder zum U-Bahnhof Giselastraße. Sie sollten Silvio, sowie er auftauchte, festnehmen. Verdacht auf Drogenhandel und schwere Körperverletzung.

Die schnelle Nummer, die Maja erwartet hatte, hatte sich als Horrortrip entpuppt. Ich ließ sie ins Schwabinger Krankenhaus bringen, verständigte ihre Eltern, bezahlte den Taxifahrer und forderte ihn auf, Hindu zurück zum Stachus zu fahren.

»Normalerweis fahr ich keine Fixer«, sagte er.

Der Junge grinste mich durch die Heckscheibe an.

Ich ging mit Bettsy zu Fuß. Die Ludwigstraße entlang zur Von-der-Tann- und Prinzregentenstraße und rechts ab in den noblen Stadtteil Lehel. Dort wohnten ihre Eltern. In der Nähe des Wohnhauses war eine Trambahnhaltestelle.

»Setz dich!«, sagte ich.

Sie verzog den Mund und fläzte sich auf einen der blauen Gittersitze.

»Diesmal gings schnell«, sagte ich.

Sie sagte: »Man darf sich halt nie um andere kümmern, nur um sich selber.«

»Erklär mir was«, sagte ich.

Sie sagte: »Erklärs dir selber.«

»Ich bin nie abgehauen.«

»Du lügst!«, sagte sie.

Sie hatte Recht.

Sie hatte nur geraten. Aber sie hatte Recht. Ich war zehn gewesen. Und vier Tage unauffindbar. Meine Mutter hatte sich Tränen von meinem Vater geborgt, sie hatte keine mehr.

Später, viel später hörte ich von einem Psychologen einen Ausdruck für das, was damals mit meiner Mutter geschah: Mein Verschwinden hatte bei ihr einen Riss im seelischen Bindegewebe verursacht.

Und dieser Riss war ein Abgrund.

Und ich sah diesen Abgrund in ihren Augen, als ich nach vier Tagen wieder vor ihr stand.

»Geh zu deiner Mutter!«, sagte ich hilflos.

»Warum denn?«, sagte Bettsy.

»Geh einfach zu ihr und sprich mit ihr.«

»Echt nicht!«

Wir saßen noch eine halbe Stunde an der Haltestelle. Straßenbahnen kamen und fuhren ab, Leute setzten sich neben uns. Wir schwiegen. Die Sonne schien. Das Schutzdach warf einen Schatten über uns. Dann begleitete ich Bettsy zum Haus. Sie klingelte. Ihr Vater meldete sich über die Sprechanlage. Grußlos drückte sie die Tür auf und ging hinein.

Ich stellte mich auf die Stufe und lehnte die Stirn gegen das Eisengitter vor dem Fenster. Ich schloss die Augen. Dann drehte ich mich um und schrie.

7

Ich schrie so laut, dass drei Minuten später ein Streifenwagen vorfuhr. Da war ich schon wieder still.

Ich hatte die Türschwelle verlassen und stand auf dem Gehweg. Die Leute an der Straßenbahnhaltestelle starrten zu mir herüber. Ich schrie in den blauen, klaren Himmel hinauf. Vielleicht vierzig Sekunden lang.

Nachdem ich den Kollegen meinen Ausweis gezeigt hatte, bat ich sie, mich in die Drachenseestraße zu fahren.

Hier hatte Inge Thaler eine kleine Änderungsschneiderei. Und manchmal half ihr Lotte Grauke bei der Arbeit.

Von Graukes Verschwinden wusste sie nichts.

»Sie hat Sie nicht angerufen?«, sagte ich.

Sie sagte: »Ich hab seit drei Wochen nichts von ihr gehört.« Inge Thaler nähte mit einer alten Singer-Maschine den Reißverschluss an eine Jacke. Abrupt hörte sie damit auf, dachte nach und nahm ihre Brille ab. »Hoffentlich hat er sich nichts angetan.« Sie machte eine Pause.

Ich stand eingezwängt zwischen niedrigen Schränken und einem Tisch, der den engen Raum beinah ausfüllte.

»Sie hat manchmal so Andeutungen gemacht ... Dass er nicht mit ihr redet, dass er nur noch arbeitet ... viel trinkt ...«

»Er geht ins Wirtshaus«, sagte ich, als wäre das ein Widerspruch zu dem, was Inge Thaler gerade gesagt hatte.

»Ja, das auch ... Ehrlich gesagt, ich fands nicht verwunderlich, weil ... Wenn Lotte von daheim erzählt hat, dann eigentlich nur von ihrer Schwester ... Paula ... So, als wär

86

sie mit ihr verheiratet und nicht mit ihrem Maximilian ...
Mich gehts nichts an ...«

»Hat sie das letzte Mal, als sie hier war, von ihrem Mann
oder ihrer Schwester gesprochen?«, sagte ich.

In dem Raum war es kühl. Überhaupt war es nicht so heiß
wie am Vortag, ein leichter Wind wehte, und ich hätte
den Spaziergang mit Bettsy noch zwei Stunden fortset-
zen können. Ich wollte mich jetzt beeilen.

»Sie hat kaum was geredet«, sagte Frau Thaler. »Ich hab sie
gefragt und sie wollt nicht rausrücken damit ... Sie haben
sich anscheinend gestritten, sie und ihr Mann. Oder sie
und ihre Schwester, oder alle drei. Ich bin nicht schlau aus
ihr geworden, sie machte einen ziemlich bedrückten Eindruck, ja ... « Sie zog die Stirn in Falten und strich sich mit
Daumen und Zeigefinger über die Mundwinkel. »Ja, sie
hat gesagt, sie weiß nicht, was mit ihm los ist, mit ihrem
Mann, mein ich, sie hat sich Sorgen um ihn gemacht, aber
so in der Richtung, dass sie ... dass sie nicht versteht, warum er was nicht versteht ... Verstehen Sie?«

»Unbedingt«, sagte ich.

»Bitte?«

Ich versuchte sie dazu zu bringen, sich genauer zu erinnern. Aber sie meinte, Lotte Grauke habe nur Andeutungen gemacht, irgendetwas trieb sie um, über das sie nicht
sprechen konnte. Oder wollte.

An der Tür sagte Frau Thaler: »Ehrlich gesagt, so richtig
wunder ich mich jetzt nicht, wenn ich hör, dass der Maximilian verschwunden ist. Hoffentlich finden Sie ihn
schnell.«

Von unterwegs rief ich Sonja an. Sie hatte mit weiteren Nachbarn gesprochen. Ich bat sie, mit der Mutter von Lotte Grauke einen Termin zu vereinbaren, danach sollte sie ins »Glockenbachstüberl« kommen.

»Ich mag nicht in eine Kneipe«, sagte sie. »Es ist so schön draußen, und wir hocken uns in den Qualm.«

Als sie kam, stand der Campingstuhl schon parat.

»Nur weil du von der Polizei bist!«, hatte Alex gesagt. »Die Leute beschweren sich, das wirst du sehen, die mögen das nicht.«

Er hatte Recht. Die Leute beschwerten sich. Die Frauen. Männer kamen selten vorüber, und die wenigen beachteten uns nicht. Vor allem Frauen mit Kinderwagen taten so, als würden wir sie in bösartiger Absicht dazu zwingen, Slalom auf dem Gehsteig zu fahren. Dabei hatten sie genügend Platz. Und jedes Mal, wenn Alex ein frisches Bier und ein Mineralwasser brachte, sagte er: »Siehst du? Gleich hab ich die Bullen hier!«

»Ich sitz doch schon da«, sagte ich.

Neben mir saß Franticek Kellerer, zweiundsechzig Jahre alt, ehemaliger Postangestellter, jetzt im Ruhestand. Mit Maximilian Grauke hatte er früher Schafkopf gespielt, als er noch hier im Viertel wohnte und im Postamt an der Fraunhoferstraße arbeitete.

Von Alex hatte er sich extra einen Bierdeckel geben lassen, den er auf sein Glas legte. Die Attacken trunksüchtiger Bienen hielten sich jedoch in Grenzen.

Da Alex sich weigerte, seine normalen Holzstühle vor die

Kneipe zu stellen, musste er auf meine Anweisung hin nach Klappstühlen suchen. Er fand drei verstaubte Exemplare und einen völlig ausgebleichten Liegestuhl. Diesen stellte ich parallel zur Hauswand, die Stühle daneben.

Kellerer legte sich in den Liegestuhl. Immerhin war *er* der Rentner. Als Sonja um die Ecke kam und uns sah, lächelte sie. Wegen diesem Lächeln richtete sich sogar Kellerer ein Stück auf.

Wir saßen in der Sonne. Der Wind fächelte uns die Stimmen vom nahen Kinderspielplatz zu. Manchmal winkte ein Radfahrer, manchmal beschwerte sich eine kinderwagensteuernde Mutter. Dann war es Minuten lang still. Nur die Vögel sangen. Sogar die Kinder waren verstummt.

Ich wünschte, Martin wäre hier gewesen. Auch wenn die Gefahr bestand, dass er vor lauter Idylle erst einmal einen Enzian bestellt hätte.

Ich wünschte, er wäre hier gewesen, damit er nicht allein sein musste an diesem sonnenvollen Julitag. Vermutlich saß er im Büro. Oder im Büro von jemandem, den er vernehmen musste. Auf jeden Fall in einem geschlossenen Raum.

Und wir waren draußen. Dank Sonja.

»Arbeiten wir?«, sagte sie.

»Ja«, sagte ich.

Dann tranken wir einen Schluck Mineralwasser aus unserem Halbliterglas, stellten die Gläser zwischen unsere Füße auf den Boden und holten beide wie abgesprochen unseren Notizblock aus der Tasche.

»Ich hab Grete Holch nicht erreicht«, sagte Sonja. »Sie hat kein Telefon.«

»Vielleicht ist sie nicht eingetragen.« Ich wollte nur kindisch sein.

Sie schaute mich von der Seite an. Das war der K-111-Blick. Sogar wenn jemand unsichtbar war und unter der Erde lebte, würden die Kollegen von der Mordkommission herausfinden, ob er ein Telefon hatte oder nicht. Sie gaben niemals auf.

»Dann fahren wir hin«, sagte ich. Die Mutter von Frau Grauke wohnte in der Hiltenspergerstraße in Schwabing.

»Erzähl das noch mal, wie das war mit Grauke«, sagte ich zu Kellerer, der die Hände hinter dem Kopf verschränkt hatte.

»Der ist depressiv«, sagte er, »der hockt da in seiner Schuhschachtel, und wenn er abends zu seiner Alten kommt, ist die Schwester da. Und die bleibt dann über Nacht da. Hat er mir gesagt. Die bleibt einfach da. Wir haben zu ihm gesagt, dann nimmst halt beide, das fand er nicht komisch. Ich glaub, der hat nicht mal seine Alte gehabt, Verzeihung, die Dame ... Da ist nichts mehr gelaufen. Wir haben oft zu ihm gesagt, gönn dir was, trau dich was ... Kannst vergessen bei dem. Der nagelt lieber seine Schuhe als eine Frau. Verzeihung ...«

Mit einem Stöhnen streckte er den Arm nach seinem Bierglas aus.

»Sie können sich nicht vorstellen, dass er mit einer Frau durchgebrannt ist«, sagte Sonja.

Kellerer drehte den Kopf. »Wirklich nicht, Frau Feyerabend!«

Der Ausdruck gefiel mir: durchgebrannt. Ein Mann auf einem Pferd, eine Frau mit wehendem Haar, Nacht, Nebel, Wölfe heulen, jemand steht hinter dem Fenster und beobachtet heimlich das Geschehen, sieht die beiden, die durchbrennen ...

»Hallo!«, sagte Sonja.

Ich öffnete die Augen.

»Träumen Sie?«, sagte sie.

»Ja.«

Sie beugte sich vor, damit sie Kellerer besser sehen konnte. »Wussten Sie, dass die beiden Frauen Halbschwestern sind?«

»Im Ernst?« Kellerer trank sein Bier aus, schaute sich um, stöhnte, stellte das Glas auf den Boden und ließ sich in den Liegestuhl fallen. »Das heißt, er hätt dann nicht mal ein schlechtes Gewissen haben müssen, der Maxi. Weil wenn die nicht richtig verwandt sind ...«

»Haben Paula und Max ein Verhältnis gehabt?«, sagte ich.

»Das hätt er uns erzählt, aber sauber!«

»Was wissen Sie noch über die beiden Frauen?«, sagte Sonja.

»Dass sie den Maxi fertig machen, dass die den ausbremsen, auf der ganzen Linie, dass der froh ist, wenn er in seiner Werkstatt hockt, dass das ein beschissenes Leben ist mit zwei so Weibern, anders kann ich das nicht sagen, Verzeihung, ein Scheißleben ist das. Ich bin geschieden,

91

seitdem bin ich gesund. Ich leb allein, mir kommt niemand blöd. Das ist doch irre, da arbeitest du den ganzen Tag und dann kommst du heim und da sitzen zwei Weiber, die sich einen Dreck scheren um dich. Die stellen dir den Teller hin, dann darfst du was essen und dann kannst du dich wieder verziehen. So schauts aus, so gehts zu bei denen, weiß ich doch! Wir haben jahrelang Schafkopf gespielt, der Maxi, der Schorsch, der Werner und ich. Wenn der an unsern Tisch gekommen ist, haben wir den erst mal psychologisch betreuen müssen, so schauts aus, Frau Feyerabend. Der hat nix geredet, der hat seine fünf bis sieben Bier getrunken, die Karten gemischt, gespielt, und er war ein guter Spieler. Aber er hat das Maul nicht aufgebracht. Er war verstockt. Wie ein Kind. Erst haben wir ihn aufgezogen, später waren wir stinksauer, weil er sich so hat behandeln lassen. Vor allem ich, ich hab ihm immer wieder gesagt, er soll sich wehren, er soll endlich was ändern. Hat er aber nicht. Dann ist der Werner gestorben, ich bin weggezogen ... Nie wieder was gehört vom Maxi ...«

Er wuchtete sich aus dem Liegestuhl, nahm sein Glas, schnaufte und wischte sich den Schweiß von der Stirn.

»Soll ich euch was mitbringen?«

»Nein«, sagte ich.

Er verschwand in der Kneipe.

»Jetzt hat er was geändert«, sagte Sonja.

»Warum jetzt?«, sagte ich.

»Es hat ihm gereicht.«

»Warum jetzt?«

Wir schwiegen lange.

Mit einem schäumenden Bier kam Kellerer aus der Tür, gefolgt von Alex. Im Hintergrund trommelte Cozy Powell »Dance with the devil«.

»Wir zahlen«, sagte ich.

»Und wer stellt mir die Stühle rein?«

»Lass die doch hier!«, sagte ich. Dann gab ich ihm das Geld.

Kellerer sagte: »Der Maxi, der hat sich entweder aufgehängt oder er ist weg. Weit weg. Und zwar mit keiner Frau. Darauf kannst wetten. Eine Frau braucht der nicht, der braucht eine Freiheit. Verstehst? Tot oder lebendig.«

Kellerer hielt seine schaumgekrönte Nase in die Sonne.

Kurz bevor wir das Auto erreichten, blieb ich stehen.

»Ich will noch eine Runde gehen«, sagte ich.

Sie sagte: »Sie sind ein merkwürdiger Polizist.«

Ziellos machten wir uns auf den Weg.

»Was war das heute mit dem Mädchen?«, sagte Sonja.

»Ich hab sie zurückgebracht«, sagte ich.

»Und warum haben Sie so rumgebrüllt?«

Ich schwieg.

Vor einem indischen Restaurant standen zwei Inder und sprachen indisch.

»Mögen Sie indische Küche?«, fragte Sonja.

»Manchmal.«

Sie betrachtete die Häuser. Ich wollte sie fragen, in welchen Stadtteil sie ziehen möchte, nachdem sie dabei war, die gemeinsame Wohnung mit Karl aufzulösen. Doch dann interessierte mich die Antwort plötzlich nicht mehr. Zumindest im Moment.

»Haben die anderen Nachbarn auch Streit gehört?«, fragte ich.

Irritiert sah sie mich an. »Ja ... sie ... die Nachbarn, ja! Eine Frau behauptete, es habe sich angehört wie ein Ehestreit.«

»Wieso?«

»Sie sagte, die beiden Schwestern hätten sich im Treppenhaus angeschrien wie sich normalerweise nur Eheleute anschreien.«

»Wie klingt das?«, fragte ich.

Sie sagte: »Woher soll ich das wissen?«

»Sie waren doch praktisch verheiratet. Und Sie haben sich gestritten.«

»Woher wollen Sie das wissen?«

Ich warf ihr einen K-114-Blick zu. Egal, was uns die Leute erzählen, wir von der Vermisstenstelle durchschauen ihr Spiel. Mit oder ohne Wohnungsauflösung.

Sie erwiderte nichts.

Wir bogen in die Westermühlstraße ein. Aus dem Gasthaus am Eck drangen laute Stimmen. Ein Mann schrie irgendwas. Ich sah durch die offene Tür. Der Mann schrie niemanden an, er erzählte etwas. Ein anderer stand neben ihm am Tresen und hörte zu.

»So klingt es nicht, wenn ein Ehepaar sich anschreit.«

»Eher nicht«, sagte sie.

Was genau hatte die Nachbarin gemeint? Wie war sie auf diesen Vergleich gekommen?

Es war nicht weit bis zur Jahnstraße 48.

Frau Aldinger wohnte im ersten Stock. Sie trug ein Kopftuch und braune Hausschuhe, in denen sie barfuß war. Aus der Wohnung kam Bratengeruch.

»Wie ein altes Ehepaar«, flüsterte sie und blickte vorsichtig im Treppenhaus nach oben. »In letzter Zeit immer öfter. Nicht dass ich horch!«

»Nein«, sagte ich. »Wie streitet denn ein altes Ehepaar?« Auch ich senkte die Stimme.

»Das hört man doch!«, sagte Frau Aldinger.

»Haben sie bestimmte Ausdrücke gebraucht?«, sagte Sonja. Sie sprach in normaler Lautstärke.

»Was für Ausdrücke?« Frau Aldinger faltete die Hände, spitzte die Lippen. »Sie haben keine Ausdrücke gebraucht. Jedenfalls keine unanständigen, wenn Sie das meinen. Die eine hat ein paar Mal gesagt, dass sie die andere dann verlässt ...«

»Wie bei einem Ehepaar«, sagte ich schnell.

»Genau, wie bei einem Ehepaar. Wenn du das und das nicht machst, verlass ich dich, dann ist Schluss, endgültig.«

»Hat eine der beiden Schwestern das gesagt?«, wollte ich wissen.

Ich sah sie ihn, sie mich auch, aus kleinen Augen.

»Ja, ja«, sagte sie. Noch leiser als zuvor. »Es war von Schluss die Rede, Schluss und endgültig, ja ...«

»Was noch?«, sagte Sonja.

»Sie haben sich gezankt, basta!«, sagte Frau Aldinger.

Kaum waren wir ins Auto gestiegen, hupte jemand. Sonja hatte das Fenster runtergelassen und winkte den Fahrer vorbei. Er hupte noch einmal, diesmal heftiger, und ließ den Motor aufheulen.

»Und dann mach ich Schluss mit dir«, sagte Sonja.

»Klingt nicht nach Ehepaar«, sagte ich, »klingt nach Beziehung.«

Sie seufzte, lehnte sich zurück, umklammerte das Lenkrad, blickte hinüber zum grünen Haus, in dem wir gerade gewesen waren. Nebenan, in einem Neubau, befand sich im Parterre ein Kosmetikstudio. Frauen gingen ein und aus.

»Wenn ich in meiner neuen Wohnung bin, lasse ich mir die Wimpern und die Augenbrauen färben«, sagte Sonja.

Ich schwieg.

Meine schwarzen Jeans waren mir zu eng. Ich nestelte am Gürtel, dann öffnete ich den obersten Knopf. Sonja sah hin. Sagte aber nichts.

»Ich hab angekörpert«, sagte ich.

Sie sagte: »Ich kannte Sie früher nicht.«

Langsam ging die Sonne unter. Aus der griechischen Taverne wehte der übliche Geruch herüber, mindestens zweihundert Meter weit. Sonja verzog das Gesicht.

»Hunger?«, sagte ich.

»Nicht darauf.« Sie wandte mir den Kopf zu, verharrte und sah wieder nach vorn. »Ich bin weg vom Mord, weil ich mich auch mal mit den Biografien von Lebenden beschäftigen wollte. Aber es ist offenbar sehr seltsam, sich mit den Biografien von Verschwundenen zu beschäftigen, die sind sehr widersprüchlich. Jeder Freund, jeder Angehörige, sogar der Ehepartner, scheint eine eigene Version zu haben. Dieses Mädchen, das Sie heute eingefangen haben, was hat die Ihrer Meinung nach für eine Biografie?«

»Ich weiß, wie alt sie ist«, sagte ich, »ich weiß, auf welche Schule sie geht, welche Noten sie hat, was ihre Eltern beruflich machen. Ich weiß, dass sie keine Drogen nimmt, noch nicht, und ich weiß, dass sie eine Dauerläuferin ist.«

»Aber warum?«

Ich sagte: »Das weiß ich nicht. Unsere Aufgabe ist es, Vermisste zu finden. In ihr Leben zurückkehren müssen sie schon selbst.«

»Sie sind schon lang im Hundertvierzehner.«

»Elf Jahre.«

»Warum haben Sie auf der Straße so geschrien?«

Wieder hupte jemand. Sonja streckte den Arm aus dem Fenster und winkte. Der Fahrer hupte zweimal und ließ den Motor aufheulen. Vielleicht war das in diesem Viertel so Sitte.

»Kennen Sie die Geschichte von Echo?«

Sonja sah mich an. Schüttelte den Kopf.

»Ich hatte plötzlich den Eindruck, in mir nimmt ein Echo Gestalt an. Ich konnte es nicht verhindern.«

»Ah ja«, sagte sie. Dann sagte sie nichts mehr.

»Sie wollte nichts Böses«, sagte ich.

Sie sagte: »Wer?«

»Echo«, sagte ich.

Sonja wandte den Blick ab, sank in den Sitz des Wagens

und wartete. Als ich nicht anfing zu sprechen, gab sie mir mit der Hand ein Zeichen.

»Echo, die Nymphe«, sagte ich. Streckte die Beine aus, hakte meinen rechten Daumen in den Gürtel, versuchte diesen zu lockern. Erfolglos. »Sie wollte ihrem Gott eine Freude machen. Er war ein Charmeur, die Mädchen und Frauen mochten ihn sehr, er konnte gut erzählen und sah besser aus als jeder andere in der Gegend. Echo hatte mitgekriegt, dass Jupiter sich in den schattigen Winkeln der Berge mit den Nymphen traf, mit mehreren auf einmal, daran hatte er besonderen Spaß, sie amüsierten sich alle, und Echo störte sie nicht. Sie hatte nämlich etwas Wichtigeres zu tun, sie musste Jupiters Frau daran hindern, ihrem untreuen Gatten auf die Schliche zu kommen. Echo machte das freiwillig. Jupiter hatte sie nicht beauftragt, es war ihr Zeitvertreib. Sie war eine übermütige Nymphe, sie foppte gern Leute, und meistens gelang ihr das auch. Dann kicherte sie die halbe Nacht vor sich hin und ihr Gekicher hallte über das Tal, und manche Bauern glaubten, ihre Ziegen hätten sich losgerissen und irrten umher. An einem Tag im Sommer bekam Echo wieder einmal mit, wie sich einige ihrer Freundinnen mit dem schönen Gott verabredeten. Wie immer wünschte sie allen Beteiligten ein schönes Schäferstündchen. Wenig später sah sie Juno. Die näherte sich dem Berg, auf dem Jupiter schon in seinem Element war. Echo hielt Juno auf. Sie fing ein Gespräch an und laberte und laberte, so wie manche Leute, mit denen wir es im Dezernat zu tun haben, und die Zeit verging, und Juno hörte neugierig zu. Echo kannte die besten Klatschgeschichten. Irgendwann aber fiel Juno wieder ein, weswegen sie den Weg durch den dornigen Wildwuchs überhaupt angetreten hatte, und sie verabschiedete sich von Echo, eher harsch. Echo kannte sämtliche Abkürzungen und rannte los, um die Göttin, falls es sein musste, ein zweites Mal aufzuhalten. Doch die Nymphen waren bereits verschwunden und Jupiter saß unter einem Apfelbaum und las in einem Buch. Echo wollte ihm gerade komplizenhaft zuwinken, da erschrak sie: Aus dem Gebüsch krabbelte eine junge Nymphe und steckte sich eine goldene Spange ins Haar. ›Hast du sie endlich gefunden!‹, rief Jupiter ihr zu und er wehrte sich nicht, als die Nymphe, die natürlich wie alle anderen in ihn verliebt war, ihn ein letztes Mal ausdauernd auf die Schulter küsste. Dann huschte sie davon, genau in Richtung Echo, der ein Schrecken in die Glieder fuhr. Hinter dem Apfelbaum, an dem Jupiter lehnte und las, war Juno aufgetaucht. Und Echo hatte keinen Zweifel daran, dass die Göttin die Nymphe bemerkt hatte. Dämliche, selbstgefällige Kuh!, dachte Echo, aber ihr Schicksal war besiegelt. Juno stellte sie zur Rede. Echo flunkerte ein wenig, mehr aus Gewohnheit und nicht, um die Göttin anzulügen. Doch die Göttin kannte keine Gnade. Sie war ausgetrickst worden und das durfte sie sich nicht gefallen lassen. So nahm sie der Nymphe die eigene Sprache weg und ließ die Zunge Echos nur noch vorgesprochene Worte sagen. Von diesem Tag an war Echo dazu verbannt zu wiederholen. Eine Wiederkäuerin des Windes zu sein, der fremde Stimmen mit sich brachte.«

Ich schwieg.

Sonja sah mich an. »Das wars?«

Ich sagte: »Eine dieser Stimmen gehörte einem schönen Jüngling, in den Echo sich sterblich verliebte. Doch er wollte nichts von ihr wissen. Er war zu sehr in sich selber verliebt. Auf diese Weise gedemütigt, verzehrte Echo sich immer mehr. Und am Ende löste sich ihr Körper auf. Zurück blieben nur noch Knochen. Und ihre Stimme. Ihre Knochen, heißt es, wurden zu Steinen, bloß ihre Stimme blieb bis heute in der Welt.«

Sonja setzte sich aufrecht hin, nach vorn gebeugt.

»Und dieser Schönling«, sagte sie, »wer war das?«

Ich sagte: »Er war wirklich schön. Es war Narziss.«

»Und wie geht die Geschichte weiter?»

»Das wissen Sie doch«, sagte ich, »er verliebt sich in sein Spiegelbild und stirbt.«

Nach einer Weile sagte Sonja: »Hab ich schon erwähnt, dass Sie ein merkwürdiger Polizist sind?«

Nie zuvor hatte ich jemandem diese Geschichte erzählt. Oder eine ähnliche Geschichte.

»Woher kam das Echo in Ihnen?«, sagte sie.

Ich sagte: »Von meiner Mutter.«

Sie sah mich nicht an. Sie fragte nichts. Sie steckte den Zündschlüssel ins Schloss und fuhr los.

Jemand hupte.

8 Im Treppenhaus roch es nach frisch gebackenem Kuchen. Auf einem Fenstersims stand ein blühendes Veilchen. Im dritten Stock wurde eine Tür geöffnet.

»Mein Name ist Tabor Süden«, sagte ich.

»Sonja Feyerabend.«

Die alte Frau sagte: »Bitt schön?«

Ich zeigte ihr meinen Ausweis. »Dürfen wir Ihnen ein paar Fragen stellen?«

»Ich hab gern Gesellschaft«, sagte Grete Holch.

Später saßen wir im Wohnzimmer, tranken Tomatensaft und warteten auf die Vögel.

Die eine Hälfte des Fensters war ein Stück geöffnet, die weiße Gardine vorgezogen. Auf das Fensterbrett hatte die alte Frau Sonnenblumenkerne und Brotkrumen gestreut.

»Dauert noch, die Vesper«, sagte sie.

Sonja und ich saßen auf der Couch.

Das Zimmer war klein. Der Schrank mit den Glastüren, der Tisch, auf dem eine Fernsehzeitung lag, der Fernseher auf dem Kästchen, die Stehlampe, der Lehnstuhl und die Couch hatten gerade Platz. Alles sah aus, als wäre es extra wegen uns gereinigt und ordentlich hingestellt worden.

Grete Holch war Ende siebzig, kleiner als ihre Tochter, dürr und bleich. Sie trug eine rote Bluse, eine blaue Strickjacke und einen dunkelblauen Rock. Im Lehnstuhl wirkte sie wie eine Zwergin. Ihre Füße reichten nicht bis zum Boden. Deshalb hatte sie eine Fußbank vor den Stuhl gestellt.

»Ich hab da keine Idee, wo der Max sein könnte«, sagte sie mit kräftiger Stimme. Sie leckte sich oft die Lippen und schmatzte leise.

»Haben Sie mit Ihrer Tochter gesprochen?«, sagte Sonja.

»Sie war da, das erste Mal seit Monaten.«

»Und sie hat Ihnen gesagt, was passiert ist.«

»Nein«, sagte Frau Holch und hustete kurz. »Sie hat mir gar nichts gesagt, *Sie* haben mir gesagt, dass Max verschwunden ist.«

»Was wollte Ihre Tochter?«, fragte Sonja.

»Wenn ich das wüsst!«

Sie schaute zum Fenster. Die Gardine bewegte sich leicht im Wind.

»Das Einzige, was sie gesagt hat, war, ich soll mir doch endlich mal ein Telefon anschaffen. Ich hab ihr gesagt, wofür denn? Ich kenn niemand. Und wegen Lotte kauf ich mir kein Telefon, die kann bei den Nachbarn anrufen, wenns was Dringendes gibt. Und was Dringendes gibts nie.«

»Jetzt schon«, sagte ich.

»Anscheinend nicht«, sagte sie.

Die Couch war schmal, wenn Sonja und ich uns bewegten, stießen unsere Beine aneinander. Wir hatten dieselben schwarzen Jeans an. Zumindest sehr ähnliche. Meine waren einige Nummern größer. Und zu eng.

»Warum, glauben Sie, hat Ihre Tochter nichts vom Verschwinden ihres Mannes erzählt?«, sagte Sonja.

Grete Holch zuckte mit den Achseln. »Wir haben keinen Kontakt, sie lebt da, ich leb hier, hat sich so ergeben, ich leide da nicht drunter, keine Sorge.«

»Sie sind nicht verheiratet«, sagte ich.

Sie sagte: »Doch. Mein Mann ist übrigens auch verschwunden. Seit ungefähr fünfzig Jahren. Er hat Paulas Mutter geschwängert, dann mich, dann noch ein paar andere Frauen, vermut ich, und dann hat er sich aus dem Staub gemacht.«

»Sie waren also mit ihm verheiratet«, sagte Sonja.

»Ja. Wir haben kurz vor Lottes Geburt geheiratet. Und kurz vor ihrem dritten Geburtstag war er weg. Tschüss.«

»Und Sie haben nicht wieder geheiratet«, sagte ich.

»Ich hatte Saisonbeziehungen. Wie die Kormorane. Nichts Festes, nichts für die Ewigkeit.«

»Wie haben Sie Paula Trautwein kennen gelernt?«, sagte Sonja.

»Die beiden Mädchen gingen in dieselbe Volksschule. Paulas Mutter kam ab und zu hierher, und wir verfluchten den Vater unserer Kinder. Ich leb ja seit Anfang der Fünfziger in dieser Wohnung. Wir waren zu zweit, meine Tochter und ich. War angenehm, Schwabing, früher. Ich bin in Sendling aufgewachsen, aber ich hab mir schon als Kind geschworen, dass ich mal in Schwabing wohn, wenn ich groß bin. Das ist mir gelungen.«

Sie sah uns ernst an. Dann legte sie die Hände flach in den Schoß.

»Das ist doch nicht seine Art ... einfach weggehen.«

Weder Sonja noch ich machten uns Notizen. Und ich vermutete, sie hatte ebenso wie ich vergessen, aus dem Auto das Aufnahmegerät mitzunehmen.

Ich wusste nicht, wie oft ihr das passierte. Mir passierte es oft. Seit zwanzig Jahren. Ich benutzte lieber meinen Block. Das wollte ich jetzt nicht. Ich wollte bloß dasitzen und zuhören.

»Er ist schon einmal weggegangen«, sagte Sonja.

»Wirklich?« Frau Holch schüttelte den Kopf. »Davon weiß ich ja gar nichts. Wann denn?«

»Vor sechs Jahren.«

»Vor sechs Jahren? Das kann nicht sein. Das wüsst ich doch! Das hätt Lotte mir doch gesagt! Oder Paula! Wie lange soll er denn damals weggewesen sein?«

»Vier Tage.«

»Glaub ich nicht.« Sie blickte zu Boden. »Und wo war er da?«

»Das wissen wir nicht.«

»Nein«, sagte Frau Holch.

»Wann haben Sie das letzte Mal mit Paula gesprochen?«, fragte ich.

»Vor ... vor einem Jahr? Vor über einem Jahr. Wir haben uns zufällig in der Stadt getroffen. Sie hatte grade Mittagspause, ich hab gedacht, ich geh mal auf den Marienplatz, da war ich schon lang nicht mehr. Hab mir das Glockenspiel angehört. Lauter Japaner! Oder Chinesen. Und die knipsen das in einer Tour! Aber auf den Fotos hört man doch gar nichts! Und das ist doch das Wichtigste beim Glockenspiel, dass man es hört, oder nicht?«

»Unbedingt«, sagte ich.

»Ja, und dann hab ich mir gedacht, ich könnt auf den Viktualienmarkt gehen und einen Salat kaufen, wenn er nicht zu teuer ist. Es war ein warmer Tag. Im Biergarten wars rappelvoll, an der Nordsee standen die Leute Schlange. Ich hab mir dann keinen Salat gekauft, das ist ja Unsinn. Ich fahr mit der U-Bahn, und da muss ich ja auch noch umsteigen am Hauptbahnhof, und da hab ich dann einen Kopfsalat unterm Arm, das ist ja Unsinn.« Mit ernster Miene sah sie erst mich an, dann Sonja.

»Bin noch so rumgeschlendert, hab überlegt, ob ich mir eine Salzgurke kaufe, wie früher, aber da standen auch Leute an. Ich mag das nicht, wenn Leute anstehen, ich bin so viel angestanden früher, wegen Lebensmittel, wegen allem Möglichen, immer anstehen und warten, und jeder sieht einen, das mag ich nicht, ich bin lieber unauffällig. Ich wollt trotzdem noch bleiben auf dem Viktualienmarkt, gibt ja tolle Sachen da, die Früchte, die Oliven, gabs früher alles nicht. Zufällig bin ich an der Suppenküche vorbeigekommen und da saß sie, Paula, allein, und hat eine Suppe gegessen. Ich hab mir dann ein Lüngerl geholt und eine Scheibe Schwarzbrot dazu. Hat gut geschmeckt. Die können das, das war eine pfiffige Idee von der Frau, die die Suppenküche erfunden hat. Paula hat eine Nudelsuppe mit Ochs gegessen, da wenn man nicht aufpasst, spritzt einem bei jedem Löffel alles aufs Kleid. Die Nudeln rutschen runter und platschen in die Suppe. Und man hängt ja da mit dem Kopf drüber. Anders kann man nicht Suppe essen. Da kommts auf Schönheit nicht an. Hat meine Mutter immer zu mir gesagt, wenn sie geschlürft hat, das musste sein, das war ein Zeichen von Anerkennung für die Köchin. Bei uns musste man sich dem Essen widmen, da wurde nicht rumgeziert, da wurden auch die Hände benutzt und abgeschleckt am Schluss. Paula hat mir von ihrer Arbeit erzählt, sie hat auch gesagt, es ist schade, dass wir uns so selten sehen. Das macht nichts, hab ich zu ihr gesagt, und sie hat sich bedankt. Das weiß ich noch, sie hat danke gesagt. Jetzt fällts mir wieder ein. Wieso hat sie das gesagt? Kann sie ja mal fragen. Wenn ich sie das nächste Mal treff. Wir haben natürlich über Lotte gesprochen, aber es gab nichts Neues, alles wie immer, Max in der Werkstatt, Lotte zu Hause, oder sie geht zu dieser Frau am Harras, sie hätte eine gute Schneiderin werden können, die Lotte, aber sie hatte keinen Ehrgeiz. Überhaupt keinen Ehrgeiz. Aus ihr hätt was werden können. Und sie hat sich mal überlegt, nach Paris zu gehen, wegen der Mode. In den sechziger Jahren war das, da hat sie darüber nachgedacht. Dann hat sie es gelassen. Sie hing ja immer mit Paula zusammen, die beiden waren unzertrennlich. Paula ...«

Ruckartig drehte sie den Kopf und blickte zum Fenster. Das Licht war schwächer geworden. Die Gardine bewegte sich kaum noch. Das Gezwitscher wurde leiser.

»Die beiden waren schon damals eng befreundet«, sagte Sonja. Sie sah mich an. Ich nickte.

»Ja, Paula war ...« Grete Holch trank Tomatensaft, leckte sich die Lippen und schmatzte leise. »Das ist vorbei ... Sie hat eine Zeit lang als Frau gearbeitet ... als Frau, ja?

Sie hat das verkauft, dass sie eine Frau war, eine junge Frau. Eine Frau ist sie ja immer noch, was red ich denn da?«

»Sie hat als Prostituierte gearbeitet«, sagte Sonja.

»Nicht direkt«, sagte Frau Holch. Sie stellte das Glas hin und verharrte vornübergebeugt. »Nicht offiziell. Illegal. Eigentlich illegal. Oder ist das immer illegal? Sie hatte jedenfalls keinen ... keinen solchen Mann ... Später hatte sie eine Anstellung in einem Lokal, auf der Schwanthaler Höh, sie hat gut Geld verdient ...«

»Wie lange hat sie das gemacht?«, fragte Sonja. Unabsichtlich schlug sie mit ihrem Knie gegen meines. Ich schlug absichtlich zurück. In diesem kindischen Augenblick fiel mir ein, dass ich Ute versprochen hatte, sie anzurufen.

»Nicht lange«, sagte Frau Holch, »zwei Jahre, drei Jahre, dann hat sie aufgehört, von einem Tag auf den andern, wie andre Leute mit dem Rauchen aufhören.«

»Warum hat sie aufgehört, Frau Holch?«

»Sie hat einfach aufgehört. Und ist mit Lotte zusammengezogen. Lotte hatte für sie beide eine Wohnung besorgt, in der Müllerstraße, gleich beim Sendlinger Tor. Da haben sie dann gewohnt. Bis Lotte geheiratet hat und mit Max zusammengezogen ist. Da wohnen sie immer noch. Wir sind seßhafte Naturen, meine Tochter und ich.«

Endlich hatte sich eine kleine Tür geöffnet. Doch anstatt dass die Vergangenheit sich etwas aufhellte, wechselte nur die Form der Schatten.

»Kannten sich Max und Paula zu der Zeit, als sie in diesen Bars arbeitete?«, fragte ich.

»Sie arbeitete nur in einer Bar«, sagte Grete Holch. »Sie kannten sich nicht.«

»Sind Sie sicher?«

»Ja.«

»Warum?«, sagte Sonja.

»Weil Lotte Max erst kennen gelernt hat, als sie schon mit Paula zusammenwohnte. Und zwar hat sie ihn in meiner Gegenwart kennen gelernt, nämlich beim Hexentanz am Faschingsdienstag auf dem Viktualienmarkt. Max war da mit seinen Freunden, und sie haben uns einen Sekt spendiert, uns dreien. Und da ist Max zum ersten Mal auf der Bildfläche erschienen, das können Sie völlig glauben.«

Ich sagte: »Ich glaubs Ihnen.«

»Hoffentlich«, sagte sie.

Wir schwiegen.

Fast eineinhalb Stunden waren vergangen. Ob wir eine öffentliche Suche nach Maximilian Grauke einleiten sollten, war mir immer noch nicht klar. Die Hinweise auf einen Suizid waren vage, allerdings nicht vage genug. Welche Tentakel der Vergangenheit hatten Grauke aus seinen Gewohnheiten gerissen?

Grete Holch hatte die Wohnungstür schon geschlossen, und wir waren auf dem Weg zur Treppe, da ging die Tür noch einmal auf. Mit dem Finger am Mund forderte die alte Frau uns auf leise zu sein und ihr zu folgen.

Wir gingen zurück in die Wohnung. An der Wohnzimmertür mussten wir stehen bleiben. Frau Holch zeigte stumm zum Fenster. Auf dem Fensterbrett pickte eine Amsel die Krumen auf.

»Manchmal kommt der Gatte mit«, flüsterte Frau Holch.

Als wir aus dem Haus kamen, schlugen vom Kirchturm gegenüber die Glocken.

»Fahren wir noch zu Paula Trautwein, dann können wir die Sache erst mal abschließen«, sagte Sonja.

Es war neun Uhr abends. Ursprünglich hatte auch ich vorgehabt, zu Paula zu fahren. Jetzt nicht mehr.

»Ich muss telefonieren«, sagte ich.

Sie sagte: »Sie können mein Handy haben.«

»Nein.«

Wir gingen die Hiltenspergerstraße entlang bis zur Hohenzollernstraße. Vor der Realschule am Eck stand eine Telefonzelle. Gestenreich telefonierte ein junger Mann.

»Das ist doch albern, hier zu warten«, sagte Sonja.

Ich sagte nichts.

Sie sagte: »Ich hör schon nicht zu!«

Der junge Mann schlug gegen die Scheibe, brüllte auf Griechisch und drehte uns, als er uns bemerkte, den Rücken zu.

Nach zwei Minuten hielt mir Sonja ihr Handy hin.

»Sie kriegen schon keinen Kopftumor!«, sagte sie.

»Wieso fahren Sie nicht nach Hause?«, sagte ich. »Der Tag ist um.«

»Wir machen die Befragungen fertig.«

»Wo bist du?«, sagte ich ins Telefon. Sonja entfernte sich. Sie ging über die Straße und betrachtete zwecklos das

Schaufenster einer chemischen Reinigung. »Hast du was getrunken?«

»Wollt ich grade«, sagte Martin am Telefon. Er war zu Hause.

»Lass es und komm ins Lehel!«, sagte ich.

Ich gab ihm die Adresse.

Als Sonja auf mich zukam, hoffte ich, sie würde die Idee mit den gefärbten Wimpern und Augenbrauen vergessen.

Gleichzeitig fiel mir ein, dass ich Ute wieder nicht angerufen hatte.

Später. Jetzt hatte ich die Absicht, jemanden zu besuchen. Jemanden, der damit garantiert nicht rechnete.

Was ich mit unserem Überraschungsauftritt erreichen wollte, war mir allerdings ein Rätsel – wie die Binnenwelt der Familie Grauke.

9

Dann standen wir vor dem Haus gegenüber der Trambahnhaltestelle und warteten auf Martin Heuer.

»So weit ist es doch nicht von Neuhausen bis hierher!«, sagte Sonja.

Ich sagte: »Er hat eine andere Fahrweise als Sie.«

»Wie fahre ich denn?«

»Eher rasant.«

»Haben Sie sich gefürchtet?«, sagte sie.

»Nein.«

Ein Zeitungsverkäufer radelte vorüber, und Sonja hielt ihn auf. Sie kaufte eine Zeitung vom nächsten Tag und nahm den Anzeigenteil heraus. Den Rest gab sie mir.

»Am Mittwoch stehen Wohnungen drin«, sagte sie.

Ich lehnte an der Hauswand und blätterte im Lokalteil. Fast hätte ich das Foto übersehen. Ich war völlig überrascht. Ich zeigte Sonja den Artikel.

»Hätte er uns das nicht mitteilen müssen?«, fragte sie.

Hatte er nicht getan. Auf der ersten Seite stand ein Bericht über Vermisstenfälle der jüngsten Zeit. Solche Geschichten erscheinen alle zwei Jahre, meist im Sommerloch. Dazu Fotos der Gesuchten.

Eines der Fotos zeigte Maximilian Grauke.

Ohne uns ein Wort zu sagen, hatte Thon die Öffentlichkeit eingeschaltet.

»Geben Sie mir noch mal Ihr Handy!«, sagte ich.

Sie sagte: »Ein Bitte wäre nett.«

»Den Film kenn ich«, sagte ich. »Bitte.«

Zuerst rief ich im Dezernat an und ließ mir Thons Privat-
nummer geben.

»Wieso informierst du uns nicht?«, sagte ich zu ihm.

»Guten Abend, Tabor«, sagte er. »Die Reporterin war im
Haus und da hatten wir die Idee, den aktuellen Fall mit
einzubauen. Nach deinen Berichten besteht die Gefahr,
dass der Mann sich was antut. Was ist los?«

»Ich will vorher gefragt werden«, sagte ich.

»Wie redest du denn mit mir?«, sagte er. Vermutlich nestelte er jetzt an seinem Halstuch.

»Und wenn ich den Mann inzwischen gefunden hätte?«,
sagte ich.

Für ein paar Sekunden herrschte Schweigen in der Leitung.

»Ich hab der Reporterin gesagt, wenn sie bis halb sechs
nichts von mir hört, kann sie das Grauke-Bild drinlas-
sen.«

Ich hörte ihn rauchen.

»Ich kann das nicht leiden, dass du mich zu Hause anrufst
und mich anmachst. Ich hab die Verantwortung, ich
muss dich nicht fragen, was ich veröffentlichen lasse und
was nicht. Und jetzt muss ich meine Kinder ins Bett bringen!«

»Gute Nacht«, sagte ich.

Er hatte das Gespräch schon beendet.

»Was sagt er?«, fragte Sonja. Ich schüttelte den Kopf.

Endlich schlich Martin in seinem alten braunen Opel he-
ran, einem ausrangierten Dienstwagen. Er parkte direkt
vor dem Haus.

»Hallo«, sagte er. »Wie gehts dir?« Er meinte Sonja.

Sie sagte: »Gut. Wissen Sie, warum wir hier sind?«

»Du ist okay, oder?«, sagte Martin. Er war blass. Und er trug einen seiner widerstehlichen Rollkragenpullover. Ein Prozent Wolle, neunundneunzig Prozent Synthetics. Und obwohl er die meiste Zeit fror, rochen diese Dinger immer leicht nach Schweiß.

»Was machen wir hier?«, fragte er mich.

Ich erklärte den beiden, wen wir besuchten, und was sie vielleicht sagen sollten. Dann klingelte ich.

»Süden.«

Der Summer ertönte.

»Was wollt ihr denn?«, sagte Bettina Eberl, die auf der Abkürzung Bettsy bestand.

»Wir sind die drei Weisen aus dem Abendland«, sagte ich.

»Hast du mit deiner Mutter gesprochen?«

»Was geht dich das an?«, blaffte sie. Ihr Vater kam zur Wohnungstür.

»Stehen Sie doch nicht da draußen rum!«, sagte Jürgen Eberl.

Der Familienrat tagte in der Küche. Helle Holzschränke, Chromstühle, weiße Decke auf dem Tisch, eine Flasche Mineralwasser in einem Kühlbehälter aus Kunststoff, in den üblicherweise der Wein gehörte. Dafür tranken sie das Wasser aus Weißweingläsern. Durch das große Fenster fiel Abendlicht. Auf dem Tisch brannte eine weiße Kerze in einem mit Sand gefüllten Glas.

Sibylle Eberl hatte ein gelbes Kleid an, das ihr Gesicht

noch blasser aussehen ließ. Sie hob kurz den Kopf, als wir hereinkamen, und starrte dann weiter über den Tisch. Bettsy war im Flur geblieben.

»Was darf ich Ihnen anbieten?«, sagte Dr. Eberl.

»Nichts«, sagte Sonja. Sie beugte sich zu Sibylle hinunter. »Wie gehts Ihnen?«

»Besser«, sagte Sibylle leise.

Ich ging in den Flur.

»Hast du mit deiner Mutter geredet?«, sagte ich.

Das Mädchen blies mir ins Gesicht.

»Komm her!«, sagte ich.

»Was?«

»Komm her!«

Sie bewegte sich nicht. Wir standen uns gegenüber, sie in Schwarz, ich in Schwarzweiß. Minutenlang. Dann tauchte Martin auf.

»Das ist Heuer, mein Kollege«, sagte ich.

»Und was macht der nächstes Jahr?«, sagte Bettsy.

Ich lächelte. Sie grinste.

»Dasselbe«, sagte Martin. »Werden Sie bloß nie Beamtin!«

»Echt nicht, Mann, ich mach die Party und sonst nichts. Sonst noch Fragen?«

»Ja«, sagte er, »warum haben Sie Ihrer Mutter erzählt, Sie nehmen Drogen, das ist doch gelogen!«

»Das ist die Wahrheit. Ich nehm seit zwei Jahren Drogen und keiner hats gemerkt.«

»Was nimmst du denn?«, fragte ich.

»Geheimnis, Südi.«

Ich sagte: »Dann hast du also mit deiner Mutter geredet.«

»Bist du mein Psychiater?«, sagte sie.

Sie nahm keine Drogen. Sie trank Alkohol. Sie wollte das Spiel am Laufen halten. Die Lügen waren ihr Kick, sie berauschte sich am Lügen.

»Wie gehts deiner Freundin?«, sagte ich.

»Beschissen!«, sagte sie laut. »Der Typ hat sie vergewaltigt, das Schwein. Den bring ich um, und du wirst mich nicht dran hindern, Südi!«

»Zu spät«, sagte ich.

Die Nachricht hatte ich vorhin vom Bereitschaftsdienst erhalten.

»Was?«, sagte Bettsy.

»Er sitzt, dein Silvio. Wir haben ihn festgenommen. Du kannst gegen ihn aussagen.«

»Da scheiß ich drauf! Ich kenn den nicht. Ich bring ihn um, kapiert? ›Mein Silvio‹! Spinnst du?«

»Hast du nicht Heimweh, wenn du da draußen bist, wochenlang?«, sagte ich.

»Hä?« Sie tat, als wäre ich nicht der Psychiater, sondern der irrste Patient von allen. »Heimweh? Was isn das? Ich hab Spaß, kannst du dir das vorstellen in deinem Alter? Die Leute da sind alle geil drauf, die nerven dich nicht, die lassen dich in Ruhe, die wollen feiern, die wollen Party, die wollen gut drauf sein. Ich bin voll da, verstehst du, da gehts um mich, da sagt mir niemand, so jetzt hier lang und jetzt da lang und jetzt das anziehen und dann das sagen, niemand ...«

»Machen dir deine Eltern Vorschriften?« Das hatte ich sie schon oft gefragt.

»Ja logisch!«, sagte sie und blies mir wieder ins Gesicht. Eine neue Variante in unserer Kommunikation. Vielleicht sollte ich zurückblasen. »Mein Alter, der hat doch Schiss, dass die ihn in der Schule fertig machen wegen mir, die sind doch da alle so was von gut erzogen! Gut erzogen. Ich nicht. Pech. Ich bin die Mutation. Noch Fragen?«

»Haben Sie einen Freund?«, sagte Martin.

»Was gehtn das Sie an?«, rief sie.

»Ich mein nicht einen, mit dem Sie schlafen, ich mein einen, mit dem Sie innig befreundet sind, dem Sie vertrauen, der Ihnen näher steht als jeder andere.«

»Hä?«

Sie schaute ihn an. Und alles Lügen war eine durchsichtige Maske.

Beim Abschied sagte Martin: »Suchen Sie ruhig weiter nach ihm. Aber sagen Sie vorher Ihren Eltern Bescheid. Oder uns. Oder wenigstens ihm da.« Er nickte in meine Richtung. »Er sorgt sich sonst.«

»Mir doch egal«, sagte Bettsy.

Es war dunkel geworden. Sonja sperrte ihr Auto auf.

»Gut, dass ich mit Sibylle Eberl gesprochen hab«, sagte sie.

Ich sagte: »Danke.«

Wir schüttelten uns die Hände, sie stieg ein und raste davon.

»So wird Auto gefahren«, sagte ich.

Martin sagte: »Lauf doch hinterher!«

Wir entschieden uns für eine Pilskneipe um die Ecke.

Beim vierten Bier warfen wir unseren Vorsatz, nur drei zu trinken, über den Haufen. Als einzige Speise gab es Wiener mit Kartoffelsalat, und wir bestellten jeder zwei Paar.

»Bei Eberls trinken sie San Pellegrino aus dem Barrique«, sagte Martin. Sein Teller war leer und er wie immer der Erste.

Nachdem ich fertig gegessen hatte, erzählte ich ihm von Grete Holch.

Aus der Jukebox dröhnte Musik. Mehrere Songs lang sagte Martin nichts. Außer uns saßen noch zwei Männer am Tresen und zwei an einem Tisch. Die Wirtin kannte alle mit Namen.

Dann sagte Martin: »Ich brauch einen Schnaps.«

»Nein«, sagte ich.

»Ich hab einen Klumpen im Bauch.«

Er trank einen Jägermeister, und weil nur Flamingos auf einem Bein stehen können, noch einen zweiten.

»Wann hast du das letzte Mal was gegessen?«, sagte ich.

»Gestern«, sagte er, »gestern früh.«

Er zündete sich eine Salem an und schlug die Beine übereinander.

Plötzlich wusste ich, dass es ein Fehler gewesen war, hierher zu kommen. Wir hätten nach Hause fahren sollen, nichts trinken. Oder nur wenig. Fernsehen. Schlafen. Den Tag abhaken.

Ich hatte Martin überredet. Nein, ich hatte nur einen Vorschlag gemacht. Das war dasselbe.

Auf einmal widerte mich das Bier an. Die Musik. Dieses Lokal, das ein einziger Stammtisch war. Jeder kannte jeden. Wenn sich ein Fremder hereinverirrte, bekam er von der Wirtin sein Bier hingestellt, das wars. Er musste schon vierzehnmal hintereinander kommen, um vielleicht gefragt zu werden, wie er hieß. Solche Lokale hatte ich immer verabscheut. Ich bevorzugte Kneipen, in denen man sich sein Bleiben nicht verdienen musste.

»Lass uns abhauen!«, sagte ich.

Martin sagte: »Wohin?«

Draußen ging es mir sofort besser. Martin wollte mich nach Hause fahren, aber ich ging zu Fuß.

Wir redeten über so etwas nicht mehr. Wenn einer von uns beiden abrupt aufbrechen musste, dann entweder allein oder in Begleitung des anderen. Keine Erklärungen. Ich nahm die Strecke über den Rosenheimer Berg. Auf der Museumsbrücke blieb ich stehen und atmete den Geruch der Grillfeuer ein, die am Isarufer brannten. In den Eisdielen herrschte Hochbetrieb. Es war eine laue, fast schwüle Nacht.

Ich beeilte mich nicht. Ich zog die Lederjacke aus und krempelte ausnahmsweise die Ärmel meines weißen Hemdes hoch. Um mich kreisten die Gesichter des vergangenen Tages. Auch Stimmen meldeten sich, und ich versuchte an nichts zu denken, außer an meinen Weg, die Luft, die Radfahrer, die mich überholten, den Übermut, mit dem sogar die Hunde diese Nacht zu feiern schienen.

Im Hinterhof vor meinem Haus in der Deisenhofener Straße hockte eine Gruppe Jugendlicher im Gras, still, als würden sie meditieren. Aber sie ließen nur andächtig einen Joint kreisen.

Nachdem ich mich in meiner Wohnung ausgezogen hatte, rief ich Ute an.

Sie war wütend. Und ich hatte ihr nichts zu sagen.

»Das muss doch möglich sein, dass du zwischendurch zwei Minuten Zeit hast«, sagte sie.

Ich sagte: »Ja.«

Aus Trotz schwieg auch sie.

Ich hatte alle Fenster geöffnet. Die Luft war abgestanden, und es war stickig. Ich hatte kein Licht gemacht, dafür den Kühlschrank geöffnet. So kam ich gleichzeitig zu einer Abkühlung und einer Beleuchtung. Nackt hatte ich mich auf den Boden im Flur gesetzt. Nun wartete ich darauf, dass Ute etwas sagte.

Sie sagte: »Das geht so nicht.«

Wir wussten beide, dass es so nicht ging.

»Warum hast du nicht angerufen?«, fragte sie wieder.

»Ich habs vergessen.«

Darauf trank sie einen Schluck, wie ich hören konnte.

»Erklär mir das«, sagte sie dann. »Gibt es so viele Leute, die du anrufen musst? Die dir wichtig sind? Bringst du die alle durcheinander, oder was? Ich warte drauf, dass du mich anrufst, ich warte drauf! Das stinkt mir, ich bin kein Teenager, den man warten lassen kann, ich bin siebenundvierzig ...«

»Ja«, sagte ich.

»Was ist los? Du musst mir sagen, was mit dir los ist!«
Sie trank. Sie schluckte noch, während ich etwas sagte.
»Ich hab ein paar Mal dran gedacht«, sagte ich. »Und dann konnte ich mich nur auf eine Sache konzentrieren ...«
»Was meinst du mit Sache?«, sagte sie. Sie hatte noch nicht zu Ende getrunken und verschluckte sich und hustete. Dann schrie sie: »Deine Sachen interessieren mich einen Scheiß! Du respektierst mich nicht! Und außerdem bist du ein Feigling! Du läufst vor uns weg! Seit zwei Jahren! Im Grunde seit wir uns kennen! Du bist doch sowieso am liebsten allein, was willst du von mir? Was willst du?«
Ich hatte den Hörer neben mich gelegt, den Kopf an die Wand gelehnt, erschöpft, ratlos bis in die Fingerspitzen. Sie schrie meinen Namen, und ich tat nichts. Mit der flachen Hand bedeckte ich meinen Penis, als hätte die Wand Augen. Ich sah meinen Bauch, der vom kalten Licht halb beschienen wurde, den Bauch, dem Ute verboten hatte zu schrumpfen.
Dann hörte ich draußen eine Männerstimme. Jemand verscheuchte die Kiffer. Sie lachten und machten Bemerkungen. Und der Teppich schrie.
Ich nahm den Hörer in die Hand. »Heute nicht mehr«, sagte ich.
»Ich möchte, dass wir uns morgen Abend sehen, verstanden?«, schrie Ute.
Ich sagte: »Ja.«
Wir legten auf.

Ich würde morgen Abend nicht da sein. Ich würde mich drücken.
Wie Maximilian Grauke.
Wie all die anderen seinesgleichen.

10

Seit der Auslieferung der Zeitung hatten mindestens vierzig Personen den Schuster gesehen. Auf der Straße, in der U-Bahn, in einem Kaufhaus, im Englischen Garten mit einer jungen Frau, in fünf verschiedenen Supermärkten zur gleichen Zeit.

Noch zu Hause hatte mich Andy Krust angerufen, einer unserer jungen Kommissare, um mir mitzuteilen, die Wirtin einer kleinen Pension in Neuperlach behauptet, Grauke habe Anfang vergangener Woche bei ihr gewohnt. Zwar habe er einen anderen Namen benutzt, aber sie sei sich ganz sicher, dass er es war.

Also sagte ich Andy, ich würde später ins Dezernat kommen und gleich nach Neuperlach fahren. Was zeitaufwändig war. Vor allem, wenn man nicht die U-Bahn benutzte. Ich benutzte sie höchstens nachts, und dann auch nur, wenn ich etwas getrunken hatte. Immer wieder hatte ich versucht, tagsüber damit zu fahren.

Ich stieg am Giesinger Bahnhof ein, stellte mich nah an die Tür und beachtete niemanden. Eine Station später stürzte ich wieder hinaus. Ich ertrug die geschlossenen Türen nicht. Die Leute in meiner unmittelbaren Nähe. Die Geschwindigkeit des Zuges. Mir kam es vor, als würde die Bahn nicht waagrecht in den Tunnel einfahren, sondern sich senkrecht immer tiefer in die Erde bohren. Kaum war ich zurück im Tageslicht, hörte mein Herz auf, wie gestört zu schlagen, das Flattern in meinen Beinen verschwand und der Schweiß tropfte mir nicht mehr aus den Achselhöhlen wie Wasser von einer Dachrinne.

Nur die Vorstellung, in einem Flugzeug zu sitzen, war noch furchtbarer.

Dabei war ich schon geflogen. Als Kind. Mit meinen Eltern. Als mein Vater meine Mutter zu einem amerikanischen Schamanen gebracht hatte, damit dieser sie heile. Und nie bekam ich heraus, wie er auf diese Idee verfallen war. Doch meiner Mutter ging es nach dem Besuch tatsächlich besser, einige Zeit wenigstens.

Der Bus verließ die Stadt in östlicher Richtung. An der Haltestelle Neuperlach-Zentrum stieg ich aus und machte mich auf den Weg zum Ostpark. In der Staudinger Straße befand sich die »Pension Sonne«. Ich brauchte eine halbe Stunde.

Was hatte Grauke in dieser Trabantenstadt zu suchen? Nichts als Hochhäuser, Ausfallstraßen, Einkaufszentren, Beton und Anonymität. Das extreme Gegenteil des Viertels, in dem er seit Jahrzehnten lebte.

Suchte er das extreme Gegenteil? Warum? Sinnlose Frage. Vom Beginn meiner Arbeit in der Vermisstenstelle an hatte ich mich gezwungen, nicht nach dem Warum zu fragen. Jedenfalls diese Frage nicht zum Motor der Suche werden zu lassen. Vielleicht ergab sich das Warum am Ende. Oft jedoch fanden wir einen Vermissten, und die Frage nach dem Warum blieb trotzdem ungeklärt. Genau genommen ging uns die Antwort auch nichts an. Unsere Aufgabe war es, Körper zu suchen, nicht Seelen.

Manchmal erfuhr ich etwas. Weil ich nicht aufhörte zuzuhören. Nichts davon stand je in einer Akte.

Vor dem Eingang der »Pension Sonne« blieb ich einen Moment stehen. Ich hatte die Lederjacke ausgezogen, das weiße Hemd klebte mir am Körper. Ich schwitzte. Das war eine meiner angenehmsten Empfindungen. Je mehr ich schwitzte, desto anwesender fühlte ich mich. Und aus einem Grund, den noch niemand erforscht hatte, roch ich nicht nach Schweiß. Anscheinend hatte ich eine menschenfreundliche Haut.

»Kommen Sie!«, sagte die blonde Frau mit der roten Brille. »Schnell!«

Sie lief mir voraus in den ersten Stock hinauf.

Das Zimmer, das sie mir zeigte, war winzig und hell. Durch das offene Fenster drang laut der Straßenlärm.

»Hier«, sagte Veronika Mrozek, »das ist es!« Sie zog die zusammengeknüllte Zeitung aus der Schürzentasche. Das Foto von Grauke hatte sie mit einem blauen Stift eingekreist. »Er war da. Er hat sich Schuster genannt, Jan Schuster. Und jetzt les ich, dass er von Beruf Schuster ist. So ein Witzbold!«

»Und er wohnt in der Jahnstraße«, sagte ich.

Als einen Witzbold hatte Maximilian Grauke bisher niemand bezeichnet.

»Drei Tage war er da«, sagte sie, »Montag, Dienstag, Mittwoch.«

»Wann genau ist er gekommen?«

Sie sagte: »Am Sonntag, Sonntagnachmittag. Er hat einen Koffer dabeigehabt, keinen großen. Er war sehr nett, er hat gesagt, er war auf einer Beerdigung und möchte noch ein paar Tage hierbleiben. Er hat früher mal hier in der Gegend gewohnt, hat er gesagt.«

»Was für eine Beerdigung?« Ich setzte mich aufs Bett. Der Fernseher sah neu aus. An der Wand gegenüber hing das Gemälde einer Berglandschaft.

»Hat er nicht gesagt«, sagte Frau Mrozek. Sie betrachtete wieder das Foto. »Auf dem Bild hier ist er jünger, in Wirklichkeit wirkt der Mann viel älter als er wahrscheinlich ist. Er geht ziemlich gebeugt, hat er was mit dem Rücken? Er hat nicht gesagt, was für eine Beerdigung er meinte, klang aber nach Familie. Er trug seinen Namen und die Adresse ...«

»Welche Adresse?«

»Hab ich unten.«

Ich stand auf und schaute aus dem Fenster. Im Park spielten vier Jungen Fußball, droschen den Ball übers Feld und rempelten sich ständig an, bis einer hinfiel. Auf beiden Seiten einer Baustelle, nicht weit von der Pension entfernt, stauten sich die Autos, ein einziges Hupen und Schreien.

An der Rezeption zeigte mir die Wirtin das Formular. Jan Schuster, Tinaweg 7, 72831 Eichenlohe.

»Haben Sie ihn gefragt, wo das liegt?«

Sie sagte: »Bei Stuttgart.«

»Ich muss mal telefonieren.«

Ich bat Andy, die Adresse zu überprüfen und mich zurückzurufen.

»Was hat Herr Grauke getan?«, sagte ich. Das Formular steckte ich in meine Jackentasche.

»Nicht viel, am Sonntag ... ich glaube, er hat ferngesehen, ja, am Sonntag ist er, glaub ich, überhaupt nicht rausgegangen. Am Montag ist er früh weg, ohne Frühstück, und mein Frühstück ist nicht aus Plastik, ich leg frische Sachen hin, Käse, Wurst, Vollkornbrot, Marmelade offen. Wenn ich preiswert Orangen krieg, press ich sogar einen Saft für alle. Der Herr ... Grauke ist gleich aus dem Haus, ich hab ihn dann nicht mehr gesehen. Er ist wohl zurückgekommen, als die Evi da war, die Evi kommt am Nachmittag, alle zwei Tage, wenn viel los ist, auch jeden Tag ...«

»Und am Dienstag und Mittwoch?«

»Am Dienstag ist er erst mittags aufgetaucht, er hat das Schild rausgehängt, dass er nicht gestört werden will, und dann hat er gesagt, wir brauchen nicht sauber zu machen, das wär nicht nötig. Er war sehr nett, die ganze Zeit, er hat auch nicht viel geredet, nur das Nötigste, was ich Ihnen jetzt sag, mehr nicht. Ich hab mich nicht getraut ihn auszufragen, ich hab mir gedacht, wenn er über die Beerdigung reden will, wird er das schon machen, von sich aus. Hat er aber nicht. Und wenn sein Name falsch war, dann war wohl auch die Beerdigung falsch. Oder?«

»Vermutlich«, sagte ich.

»Möchten Sie einen Kaffee?«

»Ja«, sagte ich.

Im Frühstücksraum roch es nach Blüten. Die Fenster, die weit offen standen, gingen auf einen Hinterhof mit einem Garten und einem Apfelbaum.

Ich setzte mich aufs Fensterbrett.

»Milch und Zucker?«, fragte Veronika Mrozek an der Tür.

»Unbedingt.«

Der Hof lag im Schatten. In den Zweigen sangen Vögel, übertönten das Geblöke von der Straße.

Gerade kam die Wirtin mit der Kaffeetasse herein, da klingelte das Telefon. Ich nahm ihr die Tasse ab.

»Für Sie!«, rief sie von der Rezeption. Ich stellte die Tasse hin und ging zu ihr.

»Ja«, sagte ich ins Telefon.

»Ich soll dir von Frau Feyerabend ausrichten, sie kommt noch später, sie muss sich dringend eine Wohnung ansehen«, sagte Andy Krust. »Dann zu der Adresse. Ich hab den Namen gecheckt, Vorname, Familienname, gibts hunderte. Dann: Tinaweg 7, den gibts achtmal in Deutschland, aber in diesen Tinawegen gibts keinen Jan Schuster, weder in Nummer 7 noch in einem anderen Haus. Eichenlohe: Null, diesen Ort gibts nicht. Ich hab auch Österreich durchlaufen lassen, nichts. Die Adresse ist falsch. War der Grauke in Neuperlach?«

»Ja«, sagte ich.

»Da wird sich Herr Thon freuen.«

»Worüber?«, sagte ich.

»Was?«

Ich verabschiedete mich. Dann ging ich zur Haustür, drehte mich um, ging zurück zur Rezeption, vier Meter, warf einen Blick auf die beiden Landschaftsbilder an der Wand, die dem im Zimmer glichen, ging wieder in den Frühstücksraum.

»Herr Grauke hat also nie hier gefrühstückt«, sagte ich.

»Nein.« Frau Mrozek folgte mir.

Ich setzte mich an einen Tisch, auf dem eine raue, mit Tiermotiven bestickte Tischdecke lag.

»Wie ist Herr Grauke auf Ihre Pension gekommen?«

Frau Mrozek zuckte mit einer Achsel.

»Wie lange sind Sie schon hier?«

»Wie lange? Drei Jahre? Ja, drei Jahre, da hatte meine Mutter einen Schlaganfall, und da bin ich eingesprungen. Ich bin gelernte Apothekerin, aber ... aber so richtig Spaß gemacht hat mir die Arbeit sowieso nicht mehr. Ja, und jetzt bin ich hier, und da werd ich auch bleiben. Meine Mutter hat mir die Pension überschrieben, es geht ihr wieder viel besser, aber arbeiten möchte sie nicht mehr. Und mir gefällt das hier. Sind schon kuriose Leute, die da auftauchen, jeder ist irgendwie eigen.«

»Kann ich mit Ihrer Mutter sprechen?«, sagte ich.

»Warum nicht? Sie wohnt gleich nebenan. Ich auch.«

»Was war letzten Mittwoch?«, sagte ich.

Sie setzte sich an meinen Tisch. »Da ist Herr ... Grauke, ich kann mich nicht an den Namen gewöhnen ... da ist er ausgezogen. Bezahlt hat er schon am Abend vorher. Ganz ordentlich. Hat mir zehn Mark Trinkgeld gegeben. Ich hab ihn natürlich gefragt, ob er zurückfährt nach ... wie heißt der Ort?«

»Eichenlohe.«

»Genau. Er hat gesagt, seine Cousine holt ihn mit dem Auto ab, die hätte beruflich in München zu tun und würde ihn mitnehmen. Und am Mittwochmorgen ist er dann gegangen, so gegen acht.«

»Haben Sie seine Cousine gesehen?«

»Nein. Herr ... Grauke ist mit seinem Koffer auf die Straße gegangen, wir haben uns hier verabschiedet. Ich geh meinen Gästen nicht hinterher. Ich hätt nicht weiter an ihn gedacht, wenn heut früh nicht das Bild in der Zeitung gewesen wär. So ein Schreck.«

»Die Cousine hat nicht bei Ihnen angerufen?«

»Nein.«

»Hat Herr Grauke erzählt, wo genau er früher in Neuperlach gewohnt hat?«

»Ja, in der ... am Adenauer Ring, hat er gesagt. Wie gesagt, ich wollt ihn nicht ausfragen.«

Er hatte nie in diesem neuen Stadtteil gewohnt. Er wohnte seit Ende der sechziger Jahre in der Innenstadt. Dennoch musste es eine Verbindung zu Neuperlach geben, einen Menschen, der diese Verbindung all die Jahre aufrechterhalten hatte, oder eine Erinnerung daran.

Wir kamen absolut ungelegen. Roberta Lohss war mitten in der Arbeit. In dem Zimmer, dessen zwei Fenster wie in der Pension weit offen standen, gab es nichts außer einer Staffelei, Farbtöpfen und einem weißen Tisch, der überquoll von Pinseln, Lappen, Spraydosen und Zeitungen. Veronikas Mutter hatte Kopfhörer auf, trug ein bodenlanges rotes Kleid voller Farbspritzer und keine Schuhe. Ihre Zehennägel hatte sie rot lackiert.

Nachdem Veronika geklopft hatte, hatte sie einen Spaltbreit die Tür geöffnet. Nach einer Weile durften wir eintreten.

Roberta klemmte die Kopfhörer um den Nacken.

»Was ist?«, sagte sie. Ihre Stimme war rau. Ich schätzte die Frau auf Mitte siebzig. Sie hatte gebräunte Haut, aber ein blasses Gesicht, das aufgedunsen wirkte. Ihre Augen waren tiefschwarz.

»Der Mann ist Polizist«, sagte Veronika.

Ich nannte meinen Namen.

»Was wollen Sie denn?«, sagte Roberta ungeduldig. Mit einer schnellen Bewegung wischte sie mit der Hand über die Leinwand, ohne den Pinsel zu benutzen.

Ich wartete an der Tür. Ich wusste nicht, ob es ihr recht wäre, wenn ich das unfertige Bild sah.

»Sind Sie schüchtern?«, sagte sie.

Ich ging zu ihr. Auf der Leinwand war ein Bergmassiv zu sehen, davor Wälder und Wiesen, die aussahen, als würden sie schweben. Das war bestimmt Absicht.

»Kennen Sie einen Mann mit dem Namen Maximilian Grauke?«, sagte ich. Den Zeitungsartikel hatte ich mitgenommen und ich zog ihn jetzt aus der Tasche.

»Natürlich«, sagte sie.

Ich sagte: »Entschuldigung?« Vermutlich machte ich einen sehr unpolizeimäßigen Eindruck, denn Roberta lächelte, nickte mir zu, wischte an einem der hundert Lappen den Pinsel ab und stellte ihn in ein Wasserglas. Dann nahm sie einen anderen Lappen und rieb sich damit die Hände ab.

»Warum fragen Sie mich das?«

»Er wird von der Polizei gesucht, Mama«, sagte Veronika, »und letzte Woche hat er in der ›Sonne‹ gewohnt.«

»Ach schade, dass du mir das nicht gesagt hast.«

»Er hat einen falschen Namen benutzt«, sagte ich. Bevor ich noch länger mit der zerknitterten Zeitungsseite sinnlos herumfuchtelte, steckte ich sie wieder ein.

»Wieso denn?«, sagte Roberta. Unter dem Tisch stand ein Kasten Mineralwasser, sie nahm eine Flasche heraus und trank. Anschließend zündete sie sich eine Zigarette an.

»Meine erste heute«, sagte sie zu ihrer Tochter.

»Herr Grauke wurde von seiner Frau als vermisst gemeldet«, sagte ich. »Wir haben ihn öffentlich suchen lassen und Ihre Tochter hat ihn in der Zeitung wiedererkannt.«

»O je«, sagte Roberta. Sie stippte die Asche auf den rund um die Staffelei mit Zeitungen bedeckten Boden.

»Haben Sie eine Erklärung für sein Verhalten?«, sagte ich.

Sie sagte: »Damals wollte er sich umbringen.« Sie rauchte, betrachtete ihr Bild, ging zum Fenster. Sie ging gebückt und hinkte auf dem rechten Bein. »Das werden Sie wissen, Herr Süden.«

»Nein.«

»Dann sollten Sie ihn schnell finden.«

»Warum wollte er sich damals umbringen? Wann war das? Vor sechs Jahren?«

»Was für ein Jahr haben wir?«, sagte sie. »Ja, vor sechs Jahren. Er war hier, in diesem Zimmer, ich hab ihn mitgenommen, ich weiß sogar noch, wie alt er war. Dreiundfünfzig. Immer wieder hat er gesagt, er sei jetzt dreiundfünfzig und habe nie was gemerkt. Dreiundfünfzig. Er war am Ende. Das war ein Mann, der hatte seinen Glauben verloren. Ganz verloren.«

»Seinen Glauben woran?«, fragte ich.

Roberta aschte auf die Straße hinunter und freute sich darüber.

»Mama!«, sagte Veronika.

Roberta hustete, stützte sich mit einer Hand am Fensterbrett ab, legte den Kopf schief.

»Hast du Schmerzen, Mama?«

»Seinen Glauben an die Familie«, sagte Roberta. »An seine Frau, an sein Leben. Er war hierher gekommen, um sich aufzuhängen. Das Seil hatte er dabei, ich habs gesehen, er hats mir gezeigt, am Schluss, bevor ichs ihm weggenommen hab. Eine stabile Kordel, die hätt funktioniert.«

»Er wollt sich in der Pension umbringen?«, sagte Veronika erschrocken.

»Nein, nicht in der Pension. Drüben im Park. An einem Baum. Bei mir hat er sich nur vorbereitet ... Er hat Kräfte gesammelt. Zum Glück hab ich mitgekriegt, was mit ihm los war.«

»Warum ist er ausgerechnet in Ihre Pension gekommen?«, sagte ich.

»Das weiß ich nicht, ich hab ihn gefragt, ich erinner mich genau, er wollts mir nicht sagen. Er hat mir auch nicht gesagt, warum er sich umbringen wollt, es hatte was mit seiner Frau und mit der Schwester seiner Frau zu tun, Halbschwester, stimmts?«

132

»Ja.«

»Halbschwester. Er hat immer nur gesagt, er sei dreiundfünfzig und habe nie was mitgekriegt. So blöd kann doch
kein Mann sein, das waren seine Worte. So blöd kann
doch kein Mann sein. Ich hab zu ihm gesagt, haben Sie
eine Ahnung, wie blöd Männer sein können. Ich wollt
ihn aufheitern. Aber er hat alles ernst genommen. Wahrscheinlich hatte er Recht, das, was da passiert war, musste er wohl ernst nehmen, todernst. Ich hab geredet und
geredet, und dauernd hab ich dran gedacht, die Polizei
anzurufen. Ich weiß gar nicht ... Was macht die in so einem Fall? Kommt die und sperrt so einen Selbstmörder
ein? Ist auch gefährlich. Nachher erhängt der sich in der
Zelle. Ich hab mir eingeredet, ich krieg das selber hin.
Und außerdem, sagte ich mir, meint er es nicht so, er ist
einfach am Boden zerstört, er hat einen Schock, er fängt
sich wieder. Wir haben Whisky getrunken, ich hab ihn
reden lassen, aber je mehr er getrunken hat, desto unkla-
rer wurde alles. Seine Frau, seine Schwägerin ... Jetzt fällt
mir ein ... Hat die mal in Neuperlach gewohnt? Früher?
Kann das sein?«

»Ich weiß nicht«, sagte ich.

»Anscheinend wissen Sie nicht sehr viel über ihn«, sagte
Roberta. Sie nahm einen letzten tiefen Zug aus der Ziga-
rette, drückte sie auf dem Fensterbrett aus und ließ die
Kippe liegen.

»Jeder erzählt was anderes«, sagte ich.

Sie sagte: »Als er wegging, war er guter Dinge. Er hat
sogar mal angerufen und gesagt, dass alles wieder in

Ordnung ist. Ich hab nicht weiter nachgefragt, ich hab ihm gratuliert und viel Glück gewünscht. Hoffentlich tut er sich nichts an! Haben Sie im Park schon nach ihm gesucht?«

»Nein«, sagte ich.

Diesmal war ich erschrocken. Sofort rief ich von der Rezeption aus im Dezernat an und bestellte mehrere Streifenwagen zum Ostpark.

Nachdem ich den Hörer aufgelegt hatte, ging ich in den ersten Stock hinauf, in das Zimmer, in dem Grauke drei Nächte verbracht hatte. Ich stellte mich ans offene Fenster.

Vielleicht hatten wir einen Fehler gemacht. Den einen Fehler, den wir nicht machen durften. Den einen Fehler, den uns niemand verzieh. Den nie wieder gutzumachenden Flüchtigkeitsfehler, der darin bestand, eine Biografie nicht intensiv genug gelesen zu haben. Der Nase vertraut zu haben anstatt der Erfahrung.

Und die Erfahrung lehrt, dass das Schlimmste jederzeit eintreten kann. Dass wir keinen einzigen Grund haben, von einer Wendung zum Guten, Schönen, Harmonischen, Verständlichen auszugehen.

Manchmal gibt es das Glück. Aber das Glück ist keine kosmische Konstante.

Ich musste aufhören zu spinnen. Mir Sachen einzureden.

Feststand: Grauke wurde von einer Frau abgeholt.

Wer sagte, dass das feststand?

Glaubte ich, bei der Frau handelte es sich um seine Cousine?

Nein. Ich glaubte es nicht. Warum nicht? Wir wussten nichts von einer Cousine.

Vielleicht wurde er von seiner Schwägerin abgeholt. Weshalb auch immer. Hatten sie ein Verhältnis? Nein. Vor sechs Jahren wollte er sich umbringen. Und nicht wegen seiner Schwägerin. Auch das stand fest.

Wer sagte, dass auch das feststand?

Roberta Lohss. Ihre Schilderungen waren eindeutig. Es ging um etwas anderes als um eine Beziehung zwischen Grauke und Paula Trautwein. Um was?

Um was?

Kaum war ich eingestiegen, fuhr das Taxi los, und ich begriff, dass ich einen jener Fahrer erwischt hatte, die enorm stolz darauf waren, Deutsche zu sein. Er hörte sich an wie der Chefkolumnist der »Nationalzeitung«. Ich war in einem rollenden Reichsparteitag gelandet. Nach einem Kilometer stieg ich aus.

Bis ich endlich im Dezernat war, dauerte es noch vierzig Minuten.

»Die Sitzung fängt gleich an«, sagte Martin. »Thon erwartet dich voller Sehnsucht.«

»Haben die Kollegen aus Neuperlach schon angerufen?«

»Ja«, sagte Martin. »Bis jetzt nichts. Im Park hat niemand was beobachtet.«

Das Telefon klingelte. Martin ging an den Apparat, während ich mir eine Flasche Wasser aus dem Kühlschrank holte. Dann fiel mir auf, dass Martin nichts sagte. Ich drehte mich um. Er sah mich an, winkte mich ungeduldig zu sich.

»Einen Moment bitte«, sagte er ins Telefon, »einen Moment ...« Er reichte mir den Hörer.

»Süden.«

Eine Stimme sagte: »Hier ist Maximilian Grauke. Hören Sie bitte auf, mich zu suchen!«

11

»Wo sind Sie, Herr Grauke?«

»Sie dürfen mich nicht suchen, wenn ich das nicht erlaube«, sagte Grauke. Im Hintergrund hörte ich das Rauschen von Autos. Als stehe er an einer Autobahn oder einer viel befahrenen Ringstraße.

»Wo sind Sie, Herr Grauke?«

Pause. Ich versuchte herauszuhören, ob jemand bei ihm war. Das Schaben von Schuhen, das Brummen blieb unverändert, er hielt die Sprechmuschel nicht zu. Er dachte nach. Auf die einfachste Frage hatte er sich keine Antwort überlegt.

»Mir gehts gut, das wollt ich Ihnen nur sagen, Sie haben keinen Grund, mich öffentlich bloßzustellen.«

»Wer hat Sie bloßgestellt?«, sagte ich.

Inzwischen standen drei Kollegen um mich herum und hörten mit. Neben Martin noch Andy Krust und Volker Thon, der sich ständig mit dem Zeigefinger am Hals kratzte. Sein Halstuch war heute silbergrau.

»Sie! Sie!«, sagte Grauke erbost. »Sie haben geschrieben, ich würd mich umbringen! Das ist eine Unverschämtheit! Das ist eine Diffamierung!«

»Vor sechs Jahren wollten Sie sich umbringen, Herr Grauke«, sagte ich.

Er rief: »Lüge!«

Wir schwiegen. Jetzt hörte ich nichts mehr. Also war er doch nicht allein. Das war beruhigend. Vorübergehend. Dann nahm er die Hand vom Hörer.

»Ich sag noch mal, es geht mir gut, ich will meine Ruhe und ersuche Sie, das zu respektieren, ich will das nicht, dass die Leute mich wieder erkennen.«

»Rufen Sie bitte Ihre Frau an und sagen Sie ihr, dass es Ihnen gut geht.«

»Das weiß die doch!«, rief er.

»Woher weiß die das?«, sagte ich.

Erika war hereingekommen, Thons Assistentin und zugleich Sekretärin der Vermisstenstelle. Mit Block und Bleistift setzte sie sich an meinen Schreibtisch und stenografierte jedes Wort mit. Ich lehnte an der Wand, das Telefonkabel reichte gerade so weit.

»Ja, von mir!«, sagte Grauke. »Ich hab die doch angerufen!«

»Wann, Herr Grauke?«

»Ja, vorhin!«

»Wann vorhin?«

»Vor zehn Minuten.«

»Ich würde gern mit Ihnen sprechen«, sagte ich, »für uns sind Sie ein offizieller Fall, Ihre Frau hat eine Vermisstenanzeige aufgegeben, und die müssen wir bearbeiten ...«

»Meine Frau hat die nicht aufgegeben, die nicht!«

»Wer dann?«

Er schwieg.

»Ihre Frau war auf der Polizeiinspektion und hat die Anzeige persönlich aufgegeben, gemeinsam mit ihrer Schwester ...«

»Ja, genau!«

»Was, genau, Herr Grauke? Ich will das alles nur wissen, Sie können tun, was Sie wollen. Auch das Geld, das Sie abgehoben haben, können Sie nach Belieben ausgeben, niemand kann Ihnen Vorschriften machen ...«

»Ja, genau!«

»... Ich will nur wissen, wo Sie sind, und ich will mit Ihnen sprechen. Ich bin nicht verpflichtet, Ihrer Frau zu sagen, wo Sie sind. Und das mach ich auch nicht.«

»Natürlich machen Sie das!«, sagte Grauke.

»Nein«, sagte ich. »Warum haben Sie gesagt, Ihre Frau hat die Anzeige nicht aufgegeben? Wer dann?« Ich wartete einen Moment. »Paula?«

Schweigen.

Ich sagte: »Erinnern Sie sich an die ›Pension Sonne‹, an Roberta Lohss, die Wirtin?«

Schweigen. Das Rauschen von Fahrzeugen. Und dann ein Klopfen. Ich hatte es deutlich gehört. Jemand stand vor der Telefonzelle. Konnte ein zufälliger Passant sein, der dringend telefonieren musste. Aber das glaubte ich nicht.

»Frau Lohss hat mir erzählt, Sie waren vor sechs Jahren bei ihr und wollten sich im Park erhängen. Sie hat Sie davon abgehalten. Sie haben ihr von Ihrer Frau und Paula erzählt, Sie wollten sich wegen den beiden umbringen ...«

»Na und?«, stieß er hervor.

»Ich will mit Ihnen sprechen, Herr Grauke«, sagte ich, »unter vier Augen, wir beide allein, wir treffen uns, ich hör Ihnen zu, niemand sonst. Ich sag niemandem, wo wir uns treffen, auch nicht Ihrer Frau, wenn Sie das wünschen. Machen wirs so?«

»Nein«, sagte er. Wieder das Klopfen gegen die Scheibe. »Warum sind Sie einfach abgehauen?«

Es kam mir vor, als würde er Luft holen. »Fragen Sie *sie* doch! Fragen Sie *sie*! So, und jetzt versprechen Sie mir, dass Sie mich nicht mehr suchen! Das war alles bloß Paulas Idee, mit dem Scheißfoto. Mit dem Scheißfoto!« Er wurde immer lauter. »Jetzt kann ich mich nirgends mehr sehen lassen. Ein Scheiß ist das. Aber egal. Zurückkomm ich nicht! So oder so!«

»Kann ich kurz mit der Frau sprechen, die bei Ihnen ist?«, sagte ich. »Sie soll mir bestätigen, dass es Ihnen wirklich gut geht, Herr Grauke.«

»Nein!«, sagte er und hängte ein.

Mit erhobenem Bleistift sah Erika mich an.

Mich interessierte, ob Lotte Grauke mittlerweile im Dezernat angerufen hatte.

»Warum haben Sie uns nicht Bescheid gesagt?« Ich hatte bei ihr angerufen.

»Das wollt ich gerade tun«, sagte sie.

»War das die Idee Ihrer Schwester, eine Vermisstenanzeige aufzugeben?«

Sie antwortete nicht.

Ich sagte: »Bleiben Sie bitte zu Hause!«

Während ich meine Lederjacke anzog, Martin beauftragte, mit Paula Trautwein einen Termin zu vereinbaren, und Andy Krust, zur Baustelle in der Staudinger Straße zu fahren und die Arbeiter zu fragen, ob sie die ominöse Cousine eventuell bemerkt hatten, rief mich Thon in sein Büro.

»Es geht noch mal um gestern Abend«, sagte er und zündete sich ein Zigarillo an. »Ich möchte, dass du mein Privatleben von der Arbeit trennst. Noch dazu bei Lappalien wie gestern.«

Ich schwieg.

Er starrte mich an. Und ich schwieg weiter.

Das konnte er am wenigsten ertragen.

»Der Mann hat sich gemeldet, er ist wohlauf, wir können die Suche abbrechen. Wir haben noch vier andere Fälle, bei denen wir nicht weiterkommen und viel eher befürchten müssen, dass sie negativ ausgehen.«

Er hatte Recht.

Ich sagte: »Wir wissen nicht, was mit Grauke los ist. Bevor ich nicht geklärt habe, warum er sich vor sechs Jahren umbringen wollte, läuft die Suche weiter.«

Thon nestelte an seinem Halstuch. Er war fast zehn Jahre jünger als ich und einer der wenigen Kollegen, die ein intaktes Familienleben hatten. Mit seinem kleinen Sohn und seiner kleinen Tochter verbrachte er jede Minute seiner Freizeit, seine Frau hatte wegen ihm ihren Beruf als Möbeldesignerin aufgegeben. Für manche Kollegen war er ein Schnösel und Karrierist, der sich zudem unangemessen kleidete, nämlich teuer und auffällig.

Ich beneidete ihn um seine Garderobe. Nein, ich beneidete ihn natürlich nicht. Thon erschien mir bloß nicht auffällig, ganz gleich, wie viel er in seine Anzüge investierte. Letztes Jahr hatte Martin vorgeschlagen, wir sollten im Fasching als Thon gehen, mit Seidentuch, Seidensocken, Seidenhosen, Seidenhemden. Wir kamen wieder davon ab, weil uns einfiel, wir sähen dann aus wie Rosen-Fritze, ein Metzgerssohn aus Burghausen, der es zuerst in Rosenheim und dann in München zum Zuhälter gebracht hatte. Was er lange nicht mitkriegte, war, dass er im Milieu eine einzige Lachnummer darstellte und von den Kollegen im Dezernat Gamaschen-Columbo genannt wurde. Soweit ich wusste, hatten seine Eltern ihn dann aber in ordentlicher Kleidung auf dem katholischen Friedhof von Burghausen beerdigen lassen.

Ich fuhr mit der Straßenbahn zu Lotte Grauke.

Thon war sinnlos wütend deswegen.

Wie bei meinem ersten Besuch trug sie ein schwarzes Kleid mit weißem Spitzenkragen. Keine Straßenschuhe, sondern gefütterte braune Pantoffeln, die nicht im Geringsten zum Kleid passten.

Ihre Augen waren verquollen. In der rechten Hand knüllte sie ein Taschentuch zusammen, das sie nicht losließ.

»Ich wollt Sie wirklich anrufen«, sagte sie.

Auf den ersten Blick war mir nicht klar, was sie getan hatte, bevor ich kam. Wir setzten uns, sie auf die Couch, ich auf einen Stuhl. Dann sahen wir uns an, bis sie den Kopf senkte. Und ich schaute zum Schrank, dessen eine Glastür halb offen stand. Sämtliche Fächer waren leer, keine Gläser, keine Tassen, kein Geschirr, nichts. Sie hatte den Schrank komplett ausgeräumt.

»Was war der Grund gewesen, weswegen sich Ihr Mann vor sechs Jahren umbringen wollte?«, sagte ich.

Sie brauchte lange für ihre Antwort. Sie sagte: »Das wollte er nicht.«

»Ich hab mit dem Menschen gesprochen, der es verhindert hat.«

»Ja«, sagte sie, hob die Hand mit dem Taschentuch und ließ sie wieder sinken. »Ja ... Aber er hat es nicht getan. Er hat es angekündigt, aber dann hat er es nicht getan.«

»Warum wollte er das tun, Frau Grauke?«

Sie vermied es, mir in die Augen zu sehen. Ich stand auf und ging zum Schrank. Ohne um Erlaubnis zu fragen, öffnete ich die beiden Glastüren. Es roch nach Politur. Dann schloss ich die Türen und sperrte mit dem kleinen Schlüssel, der im Schloss steckte, ab.

Ich wartete. Verschränkte die Arme, sah auf die Frau hinunter, die zusammengesunken auf der Couch saß, die Faust mit dem Taschentuch unter der anderen Hand versteckt, von ihrem eigenen Schweigen überfordert.

»Ihrer Schwester gab er ebenso die Schuld wie Ihnen«, sagte ich.

»Ja ... Ja ... « Während sie nach dem nächsten Wort suchte, nach dem nächsten Satz, der vielleicht den Damm brach und sie endlich erleichterte, machte ich eine Beobachtung, für die es keine sichtbaren Anzeichen gab.

Von einem Moment zum anderen hatte ich den Eindruck, dass in dieser Wohnung überhaupt kein Ehepaar zu Hause war. Ohne dass ich eine Erklärung dafür hatte, kam mir diese Wohnung plötzlich wie der Haushalt eines allein stehenden Menschen vor, und zwar einer allein stehenden Frau. Im Flur, erinnerte ich mich, hingen nur

Frauenjacken und Frauenmäntel, die Schuhe, die ich gesehen hatte, gehörten Frauen, und sowohl in der Küche, in der ich gewesen war, als auch im Wohnzimmer deutete nichts auf die Anwesenheit eines Mannes hin.

Woran erkannte man die Anwesenheit eines Mannes in einer Wohnung? Kleidungsstücke. Hobbyutensilien. Bestimmte Zeitungen. Getränke. Bierflaschen. In der Werkstatt hatte ich zwei Flaschen gesehen, in der Wohnung keine einzige.

Gerüche? Was ich roch, war nicht Rasierwasser. Oder Schweiß. Oder die Ausdünstungen von Arbeitskleidung. Was ich roch, waren Möbelpolitur und Parfum.

Und doch war dies die Wohnung von Lieselotte und Maximilian Grauke. Seit dreißig Jahren.

»Übernachtet Ihre Schwester oft hier?«, fragte ich. Fast aus Versehen.

Bei dieser Frage verkrampfte sie sich noch mehr. Sie krallte die Hände ineinander, atmete mit zusammengepressten Lippen. Und dann hob sie ruckartig den Kopf.

»Nein«, sagte sie. »Und Sie werden von mir auch nicht erfahren, warum mein Mann damals weggegangen ist ... und ... Das werde ich Ihnen nicht sagen, denn das ist eine Privatsache, eine Sache, die nur unsere Familie betrifft und niemanden sonst, schon gleich gar nicht die Polizei.«

»War der Grund, weshalb Ihr Mann damals weggegangen ist, derselbe wie diesmal?«

Stumm sah sie mich an, die Lippen aufeinandergepresst, die Hände im Schoß.

»Das ist alles, was ich wissen will«, sagte ich.

Mühsam fing sie an zu sprechen. »Er hat gesagt, er tut sich nichts an. Er hat es versprochen. Heute Morgen am Telefon. Und ich glaub ihm. Und jetzt gehen Sie bitte! Gehen Sie!«

»Der Grund ist also derselbe wie damals«, sagte ich. Und nachdem sie den Kopf weggedreht hatte: »Hat Ihr Mann eine Freundin?«

Noch etwas war ungewöhnlich an dieser Wohnung: Sie wirkte wie die eines alten Menschen. Und tatsächlich wirkte Lotte Grauke in ihrer schwarzen Kleidung, mit ihrer gebückten, gedrückten Haltung, ihrer fahlen Haut und den Ringen unter den Augen Jahre älter als sie war. Sie war dreiundfünfzig.

»Das ist ja lächerlich«, sagte sie.

Ich sagte: »Mit wem hat er in seiner Werkstatt Bier getrunken?«

»Mit mir nicht«, sagte sie leise.

»Mit Ihrer Schwester?«

»Bestimmt nicht.«

»An einer der Flaschen ist Lippenstift«, sagte ich.

»Bitte gehen Sie jetzt! Und suchen Sie meinen Mann nicht länger! Er ist gesund. Und er wird wiederkommen. Muss ich für die Anzeige was bezahlen?«

»Nein«, sagte ich. »Warum haben Sie den Schrank ausgeräumt?«

»Ich mach sauber, ich spül die Sachen ab.« Sie sah mich nicht an.

Bevor ich die Wohnung verließ, warf ich einen Blick in die Küche. Kein Geschirr, keine Gläser. Im Flur stand ein

Karton und ich stieß behutsam mit dem Fuß dagegen. Es klirrte.

Von einer Telefonzelle aus rief ich Andy Krust in seinem Dienstwagen an.

»Einer der Arbeiter hat echt was gesehen, einen weißen Panda und eine Frau.«

»Und den Grauke?«, fragte ich.

»Der ist eingestiegen in den Panda, sagt der Arbeiter. Falls es Grauke war.«

»Hatte der Mann einen Koffer dabei?«

»Das weiß der Typ nicht mehr, er hat das Auto gesehen, weil er es selber angehalten hat, die haben grad irgendwelche Steine abgeladen, da haben sie die Straße gesperrt. Und in dem Panda saß eine Frau, Mitte zwanzig. Ungefähr. Und die hat dann gewartet und dabei mit ihrem Handy telefoniert. Und als die Sperre aufgehoben war, ist sie zur ›Pension Sonne‹ weitergefahren und hat da angehalten. Der Arbeiter hat sich dann wieder um sein eigenes Zeug gekümmert. Aber den alten Mann hat er noch rauskommen sehen.«

»Grauke ist neunundfünfzig«, sagte ich.

Andy sagte: »Na ja.« Er gab mir die Beschreibung der jungen Frau. »Übrigens: Herr Thon hat gesagt, die Vermissung ist erledigt, das sind die letzten Recherchen.«

»Unbedingt«, sagte ich.

Anschließend rief ich Martin im Dezernat an.

»Die Frau Trautwein hat heut frei«, sagte er, »die ist zu Hause. Hat aber keine Lust auf dich zu warten. Ich hab ihr gesagt, dass es weniger Aufsehen macht, wenn sie einfach ruhig auf ihrem Sofa sitzen bleibt und aufs Klingeln wartet. Übrigens: Volker hat gesagt, die Vermissung ist erledigt.«

»Danke«, sagte ich. »Ist Sonja schon zurück?«

»Nein, sie hat angerufen. Vor den inserierten Wohnungen stehen die Leute Schlange bis auf die Straße. Sie wollte sich jetzt noch eine in Milbertshofen anschauen und dann ins Büro kommen.«

»Früher waren die Wohnungsbesichtigungen abends«, sagte ich.

»Abends sind die Schlangen noch länger, sagt Sonja. Was sagt die Gattin?«

»Sie schämt sich.«

»Wofür?«

»Genaueres nach der Obduktion«, sagte ich.

Im »Ragazza« war ein Fenster geöffnet und ich schaute hinein. In einer Ecke versuchte Sina Frank Plakate aus einer Kartonrolle zu ziehen.

»Hallo!«, rief ich.

Sie zuckte zusammen. »Mein Gott!«, sagte sie.

»Entschuldigung«, sagte ich.

Sie sagte: »Haben Sie den Schuster gefunden?«

»Ja und nein.«

»Geht mich auch nichts an.« Sie widmete sich wieder der Rolle. Anscheinend hatte sie Schwierigkeiten, die Plakate herauszubekommen.

»Soll ich Ihnen helfen?«, sagte ich.

»Ich schaff das.«

»Dieses Mädchen, das Schuhe zu Grauke gebracht hat, wie heißt die? Ich habs vergessen.«

»Welches Mädchen?«

»Sie haben es erwähnt.«

Sie klopfte mit der Hand auf ein Ende der Rolle. Die Plakate steckten fest.

»Keine Ahnung. Die Elke?«

»Ja«, sagte ich. »Elke. Wann kommt die wieder?«

»Keine Ahnung.«

Es war komisch mit anzusehen, wie diese kahlköpfige energische Frau mit einem Rohr aus Pappe kämpfte.

»Vielleicht heute«, sagte sie mit gepresster Stimme. »Mittwochs arbeitet sie meistens nicht.«

»Was macht sie denn?«, fragte ich.

»Sie arbeitet bei einer Agentur, das ist weitaus besser als das, was sie früher machen musste. Sie können ihr nichts anhängen.«

»Ich will was über Grauke wissen«, sagte ich, »nicht über das Mädchen. Vielleicht krieg ich die Plakate da raus.«

»Zu spät!«, rief sie.

Die Plakate rutschten heraus und verteilten sich auf dem Boden.

Bis zur Wohnung von Paula Trautwein brauchte ich zehn Minuten. Bis ich ihr jedoch in ihrem Wohnzimmer gegenüberstand, vergingen weitere fünfunddreißig Minuten.

Vor der Haustür hatte ich mich plötzlich nicht entschließen können zu klingeln.

12

Was sollte ich noch erfahren? Und wozu? Mit Graukes Anruf, der noch dazu unter Zeugen stattgefunden hatte, waren die Ermittlungen beendet. Er bat darum, nicht gefunden zu werden, und das hatten wir zu akzeptieren. Solche Anrufe erhielten wir oft. Zuletzt von einer Frau, die ihren Lebensgefährten verlassen hatte, ohne ihm ein Wort zu sagen. Er erstattete Anzeige, und als wir nach einer Woche immer noch keine konkrete Spur hatten, ließen wir ihr Bild veröffentlichen. Am nächsten Tag rief sie an und forderte uns auf, sie in Ruhe zu lassen. Ich bat sie, einen Brief zu schreiben, in dem sie erklärte, dass sie gesund sei, und das tat sie dann. Natürlich legte ich den Brief unseren Grafologen vor, die nicht lange brauchten, um sicher zu sein, dass er ohne äußeren Druck geschrieben worden war. Die Frau wollte ein neues Leben beginnen, und niemand hatte das Recht, sie daran zu hindern.

Was wollte Maximilian Grauke? Mit einer jungen Frau in einem weißen Panda durchbrennen? Wohin? Mit zwanzigtausend Mark im Gepäck?

Und wenn es so war, was ging es mich an?

Und wenn seine Frau und seine Schwägerin ein für ihn unerträgliches Verhältnis miteinander hatten, was hatte ich damit zu tun?

Die einzige Erklärung, die ich auf die Frage, wieso ich unbedingt mit Paula Trautwein sprechen wollte, vorbringen hätte können, wäre gewesen: Neugier.

Nein. War ich neugierig? Warf ich gern Blicke durch Schlüssellöcher, wie bestimmte Journalisten? Nutzte ich meine Autorität als Polizist dazu, Intimitäten zu erfahren und in fremden Kellern herumzuschnüffeln? Verschafften mir all die gestotterten Erklärungen, durchschauten Lügen und armseligen Vertuschungsversuche eine spezielle Art der Befriedigung? Fühlte ich mich gut hinterher? War ich stolz auf mich? Wollte ich gelobt werden?

Nichts davon. Natürlich war ich neugierig. Natürlich erfuhr ich Dinge, von denen nicht einmal der Hausarzt wusste. Natürlich gab es Momente, in denen Menschen mir ihren letzten Rest Hoffnung anvertrauten, Eltern verschwundener Kinder zum Beispiel, und ich war mir dann meiner Wichtigkeit bewusst. Auch meiner Ohnmacht. Aber auch meiner Wichtigkeit.

Und sogar gelobt wurde ich gelegentlich. Und ich freute mich dann und hatte die Freude doch schnell wieder vergessen.

Vor der Haustür in der Fraunhoferstraße Nummer 29, neben dem Friseursalon und der Einfahrt zum Rückgebäude, überwältigte mich der Gedanke, dass alles, was ich tat, ausschließlich mit der Vorstellung zusammenhing, die ich von meinem Leben hatte. Nicht von meinem Beruf. Von meinem Leben. Ich war Polizist, aber das war nur eine Uniform, eine, die man nicht sah, und zum Glück erst recht keine grüne. In dieser Uniform verdiente ich mein Geld, in dieser Uniform hatte ich eine Funktion, eine Aufgabe, eine Verantwortung.

Ich gab mir jedenfalls Mühe.

Doch wenn es totenstill war und niemand meine Nähe belagerte, wusste ich, dass ich nichts war als ein Mann, der sich zu viel auf seine Einsamkeit einbildete und manchmal die Kontrolle über seinen Hormonhaushalt verlor.

Im Grunde diente mir mein Beruf dazu, mich auszuhalten. Das war es, was ich an der Ordnung schätzte, zu der er mich zwang: Solange ich meiner Arbeit nachging, hatte ich einen Weg, wenn auch kein Ziel. Würde ich damit aufhören, blieben nur die Wände.

Warum eigentlich nicht?

Ja, dachte ich, an die Hauswand gelehnt und von Hunden misstrauisch beäugt, bis zu diesem Moment hast du tatsächlich geglaubt, du hättest die Fähigkeit dich zu trennen: in einen nackten Mann im Zimmer und einen Uniformierten in der Öffentlichkeit.

Und ich musste vierundvierzig Jahre alt werden und an einem vierzehnten Juli eine belanglose Strecke zurücklegen, um zu begreifen, wie lächerlich diese Einbildung war.

I and I, wie der Meister sang, *in creation where one's nature neither honors nor forgives.*

Dann klingelte ich bei Paula Trautwein.

Durch den grün gekachelten Hausflur mit der gelben Deckenverkleidung stieg ich in den ersten Stock hinauf. Die Tür, an der »Trautwein« stand, war geschlossen.

Ich wartete.

Dann öffnete eine Frau. Für einen Moment war ich verwirrt, ich hatte vergessen, wie klein Paula Trautwein war. Ohne den Kopf zu heben, sagte sie: »Ich lass Sie ungern rein.«

Ich sagte: »Ich will nichts von Ihnen wissen, was mich nichts angeht.«

»Weswegen sind Sie sonst hier?«

»Sie haben Recht«, sagte ich.

Immer noch sah ich zu ihr hinunter, sie aber vermied den Blick. Sie ließ mich eintreten und schloss die Tür. Die Hand auf der Klinke, hielt sie inne, als würde sie überlegen, mich wieder hinauszukomplimentieren. Ich rührte mich nicht.

In der Wohnung war es kühl, sie war dunkel, wirkte aber nicht eng oder muffig. Und das lag nicht nur daran, dass es nur ganz wenige Möbel gab.

Im Flur hingen drei Spiegel, umkränzt von kleinen kugelförmigen Lampen, die hell strahlten. Wenn man hinsah, wurde man nicht geblendet, vielmehr angezogen, sozusagen aufgefordert näher zu kommen.

Also trat ich näher.

Wortlos streifte Paula Trautwein an mir vorbei ins Wohnzimmer.

Ich stand vor einem der Spiegel und sah mein Gesicht und die Hälfte meines Oberkörpers. Für Paula hingen die Spiegel viel zu hoch.

Was ich sah, erschreckte mich nicht.

Ich drehte mich um. Paula saß in einem schwarzen Ledersessel und beobachtete mich. Ich lächelte.

Sie sagte auf die Entfernung: »Von mir aus brauchen Sie nicht abzunehmen.«

Ich ging zu ihr. Das Zimmer wurde von einem teuren Regalaufbau aus Plexiglas dominiert. Auf den Regalen standen vereinzelt Gläser, Vasen, schmale Bücher, Kerzen. Der Raum war niedrig und ging zur Straße hinaus, aber die karge geschmackvolle Einrichtung verlieh ihm eine Atmosphäre, in der der Straßenlärm kaum störte.

Zumindest solange unten nicht zwei Straßenbahnen gleichzeitig vorüberfuhren oder jemand ein Hupkonzert anzettelte.

»Stellen Sie mir Ihre Fragen!«, sagte Paula Trautwein. »Ich werd nur auf das antworten, was Sie mich fragen, sonst nichts. Was Sie nicht fragen, erfahren Sie nicht.«

Ich setzte mich auf die schwarze Ledercouch. Erst jetzt fiel mir der Parkettboden auf, der glänzte. In einer gewöhnlichen Umgebung hatte sich Paula Trautwein ihren eigenwilligen Stil bewahrt.

Wie ihre Schwester bot sie mir nichts zu trinken an.

»Warum ist Ihr Schwager vor sechs Jahren verschwunden?«, fragte ich. Ich hatte Lust, meine Lederjacke auszuziehen, aber ich wollte mich nicht bewegen.

»Er hatte einen Schock«, sagte Paula Trautwein.

Ich sagte: »Der Schock war so groß, dass er sich umbringen wollte.«

Sie schwieg. Konsequent. Ich zog meine Jacke aus und warf sie über die Armlehne. Neben der Tür hing an einem Stuhl aus Plexiglas die weinrote Handtasche, die Paula bei unserer ersten Begegnung getragen und mit der sie dauernd herumgespielt hatte. Die Tasche hing so auffällig da, als habe Paula sie dort platziert, um mich an den Montagnachmittag zu erinnern.

»Sind Sie und Ihre Stiefschwester ein Liebespaar?«, sagte ich.

»Wir lieben uns, und ohne Lotte wär ich vor die Hunde gegangen«, sagte sie. Sie schlug die Beine übereinander und zog ihr blaues Kleid über die Knie. Manche Bewegungen und Gesten ähnelten denen ihrer Schwester. Vielleicht nicht deshalb, weil die beiden Frauen verwandt, sondern weil sie ein Paar und seit Jahrzehnten miteinander vertraut waren. »Wir mochten uns schon in der Schule, wir fühlten uns zueinander hingezogen, beide gleichermaßen.«

»Und die Jungs?«

»Jungs waren auch da. Lotte ist verheiratet, falls Sie das vergessen haben.«

»Warum hat sie geheiratet, wenn sie Sie liebt?«

»Sie liebte Max auch, und das Wichtigste war, dass sie mich nicht verließ. Das hätte ich nicht verkraftet, ich wär anschaffen gegangen, oder was Schlimmeres.«

»Was ›was Schlimmeres‹?«, fragte ich.

Fragen zu stellen, fand ich mühsam. Obwohl genau das ein Pfeiler meiner Ausbildung war: zu lernen, zu welchem Zeitpunkt man die richtige Frage stellt, wie man nicht mehr damit aufhört Fragen zu stellen, wie man mittels Fragen Verdächtige überführt, sie so verwirrt, dass sie alles zugeben, was wir wissen wollen.

Daran hatte ich mich nie gewöhnt.

Auch einer der Gründe, weshalb Thon mich gelegentlich einen Risikofaktor im Team nannte.

»Es gibt viel Schlimmeres als anschaffen gehen«, sagte Paula.

»Und Max hat nie etwas mitgekriegt von Ihrem Verhältnis?«

»Nach der Hochzeit bin ich erst mal weggezogen.«

»Nach Neuperlach.«

»Woher wissen Sie das?«, fragte sie.

»Ich hab geraten. Haben Sie in der Nähe der ›Pension Sonne‹ gewohnt?«

»Ja.«

»Und Max und Paula haben Sie besucht.«

»Ja.«

»Was ist vor sechs Jahren passiert?«

»Dasselbe wie jetzt«, sagte sie. Und es klang, als spräche sie von jemand anderem, von etwas, das weit zurücklag, als habe sie die Geschichte nur gehört, als habe sie nichts damit zu tun. Als wäre es ihr sogar lästig, sie weiterzuerzählen. »Er hat uns erwischt. Wie die Kinder. Damals war Winter, Max hatte nichts zu tun, im Winter läuft das Geschäft nicht gut, genauso wie im Hochsommer, ich weiß nicht, wieso. Er hat früher zugesperrt und ist einen trinken gegangen. Und dann kam er zurück, weil die Tochter des Wirts beim Schlittschuhlaufen verunglückt war und das Lokal deshalb sofort geschlossen wurde. Und Max geht nur ins ›Glockenbachstüberl‹ oder in den ›Rumpler‹. An diesem Tag war alles vereist, und er hatte keine Lust bis zum Stüberl zu gehen. Also kam er aus dem ›Rumpler‹

direkt nach Hause. Wir haben ihn nicht gehört. Er stand in der Tür, wie in einem Film, wir lagen im Bett, das Zimmer war gut geheizt, fünf Minuten später wären wir sowieso aufgestanden. Nur noch fünf Minuten. Da stand er also und hat uns angesehen, und er hat mir Leid getan. Ich hab gespürt, wie was zerbröselt ist in ihm. Ein Mann Anfang fünfzig, der gerade silberne Hochzeit gefeiert hat, findet seine Frau mit seiner Schwägerin im Bett. Das zum Beispiel, das ist schlimmer als anschaffen gehen.«

Sie hob die Hände, rutschte im Sessel hin und her, sah ausdruckslos zu mir her. Auch sie trug eine unsichtbare Uniform. Aus Schnee vielleicht, der niemals taute in Anwesenheit von Fremden.

»Haben Sie mit ihm geredet?«

»Er hat sich umgezogen und ist gegangen. Und anscheinend kannte er keinen besseren Ort als die ›Pension Sonne‹. Es war lang her, dass ich dort gewohnt hatte, ich war nur drei Jahre in Neuperlach, dann bin ich hier eingezogen.«

»Was ist passiert, als er ins Schlafzimmer kam?«

»Nichts.«

»Er hatte keine Fragen an Sie?«

»Bestimmt hatte er Fragen«, sagte sie, »aber er hat sie nicht gestellt.«

»Das ist unmöglich.«

Sie sagte: »Spielt keine Rolle, ob Sie mir glauben.«

»Und vor zwei Wochen hat er Sie wieder erwischt?«, sagte ich. »Wieder im Bett? Wieder zufällig?«

»Nicht im Bett«, sagte sie. »Er war erkältet, er war krank,

mitten am Nachmittag kam er aus seiner Werkstatt hoch. Ich hab gebadet, Lotte hat mit mir Tee getrunken. Wir haben nicht zusammen gebadet. Das hatten wir auch nicht vor. Es ist nichts passiert. Aber er hat das gedacht. Er hat mich in der Wanne gesehen und Lotte mit der Teetasse in der Hand, und er kam rein, und wieder ist etwas zerbröselt in ihm. Wie oft kann in einem etwas zerbröseln, bis es ihn selbst nicht mehr gibt? Wie oft?«

»Oft«, sagte ich.

Zum ersten Mal sah sie mir in die Augen. »Kann sein. Kann sein.«

»Deshalb haben Sie auch darauf bestanden, dass wir ihn suchen. Weil Sie Angst haben, diesmal schafft er es, sich umzubringen.«

»Ja«, sagte sie. Und ich wusste sofort, sie log. Diese Antwort war gelogen.

Was bedeutete das?

»Haben Sie immer noch Angst, dass er sich umbringt?«, fragte ich.

»Ja«, sagte sie. Und es klang vollkommen verkehrt. Ihr Tonfall passte nicht zu dem, was sie sagte.

Oder täuschte ich mich? Versteckte sie sich bloß hinter dem Schnee? Dem Schnee, der auch ihre Zunge bedeckte? Ich brauchte dieselbe Antwort zum Vergleich.

Ich sagte: »Lieben Sie Ihre Schwester immer noch?«

»Ja«, sagte sie wieder.

Entweder sie log auch jetzt, oder ich hatte mich verrannt. Beide Antworten klangen identisch. Ich fragte zu viel, ich fragte einfach zu viel.

»Wann ist Max diesmal verschwunden? Montag vor einer Woche?«

Was sollte ich tun außer fragen? Wir hatten eine Abmachung.

»Am Sonntag«, sagte sie. »Am Sonntagnachmittag. Das Wochenende hat er in seiner Werkstatt geschlafen, von Freitag bis Sonntag. Er ist nur hochgekommen, um sich zu waschen und umzuziehen. Am Sonntag wollte er anscheinend mit Lotte sprechen, aber dann hat er es nicht geschafft.«

»Waren Sie dabei?«

»Lotte hats mir erzählt. Erst hat er gesagt, er will jetzt reden, dann hat sie Tee gekocht, und dann hat er gekniffen ...«

»Was meinen Sie mit gekniffen?«

»Was?«

»Woher wollen Sie wissen, dass er gekniffen hat? Vielleicht fielen ihm die passenden Worte nicht ein. Oder er hat erwartet, dass seine Frau was sagt.«

»Fragen Sie ihn, wenn Sie ihn finden.«

Aus dieser Bemerkung hörte ich einen neuen Unterton heraus. Wie schon in dem Geschäft, in dem sie arbeitete, hatte ich den Eindruck, dass sie nicht besorgt war um Maximilian Grauke. Sondern wütend auf ihn.

»Waren Sie bei ihm in der Werkstatt? Haben Sie mit ihm gesprochen?«

»Nein«, sagte sie.

Und sie log wieder. Aber ich war mir nicht sicher, ob sie vielleicht doch die Wahrheit sagte.

»Und am letzten Donnerstag kam er noch mal zurück. Was wollte er da?«

Sie zögerte. »Vielleicht ... vielleicht wollte er was sagen. Aber dann ... dann hat er nur das restliche Bier aus dem Kühlschrank getrunken. Drei Flaschen. Und er hat keinen Ton gesagt. Keinen einzigen.«

»Waren Sie dabei?«

»Nein.«

»Er hat bei uns angerufen und erklärt, er will nicht gesucht werden«, sagte ich. »Haben Sie ...«

Da bemerkte ich ihren Blick. Ihre Schwester hatte ihr nichts von dem Anruf erzählt. Überrascht, beinah erschrocken sah Paula mich an.

Ich schwieg.

Sie drückte die Hände in den Schoß. Ihr Körper krümmte sich, sie presste den linken Fuß gegen ihren rechten Unterschenkel, und es schien, als würde sie die Luft anhalten. Sie wollte um alles in der Welt nichts mehr sagen. Doch das Stillsein marterte sie.

»Ich werde ihn weiter suchen«, sagte ich.

Sie öffnete leicht den Mund. Als wolle sie abwarten, ob womöglich Worte heraussprudelten.

»Wenn er allerdings mit der jungen Frau das Land verlässt, können wir nichts machen.«

Paula lächelte. Ein schmales, unbeholfenes Lächeln, wie das ihrer Schwester.

»Was für eine junge Frau?«, sagte sie.

»Wir kennen sie nicht, er ist mit ihr gesehen worden.«

»Wo?«

»Vor der ›Pension Sonne‹.«

»Er war wieder dort?«

Jetzt war sie es, die fragte. Vielleicht gelang es mir auf diese Weise endlich, die letzten Türen zu öffnen.

»Ein paar Tage«, sagte ich.

Sie zögerte. Dann fragte sie: »Wer könnte die junge Frau sein?«

»Eine Freundin«, sagte ich.

»Das ist unmöglich«, sagte sie.

Ich sagte: »Sie müssen mir nicht glauben.«

Mit einer heftigen Bewegung erhob sie sich. »Mehr gibt es nicht zu sagen!«

Ich fragte: »Warum haben Sie damals aufgehört, in der Nachtbar zu arbeiten?«

Sie stützte sich auf dem Stuhl ab, über dem ihre weinrote Handtasche hing.

»Das ist vorbei, das geht Sie nichts an.«

Ich stand auf, nahm meine Jacke und sah zum Fenster hinaus. Die Luft war warm und staubig. Vor dem überdachten Eingang des Postamts keuchte eine alte Frau. Ihr Rauhaardackel hechelte. Beiden setzte die Sonne zu. Auf der Brücke in der Ferne tauchte eine Straßenbahn auf, blau glänzend. Auf dem Bürgersteig vor dem Antiquitätenladen standen Stühle aus dunklem Holz und eine Kiste mit alten Büchern.

»Worauf warten Sie?«, hörte ich Paulas Stimme hinter mir.

Ich drehte mich um.

»Warum sagen Sie mir nicht alles?«, fragte ich. »Warum

sagen Sie mir nicht, warum Max Grauke wirklich verschwunden ist?«

»Ich habs Ihnen gesagt, und das wars. Und jetzt gehen Sie bitte!«

Im Treppenhaus blieb ich stehen und betrachtete den grünen PVC-Belag auf den Stufen. Niemand, der dieses Haus betrat, würde darin eine Wohnung wie die von Paula Trautwein vermuten.

Niemand, der seine Schuhe in der Schusterei Grauke abgab, käme auf die Idee, dass die Ehefrau des Schuhmachers eine Liebesbeziehung mit ihrer Halbschwester hatte. Grauke hätte so etwas nicht einmal nach dem achten Hellen für möglich gehalten. Bis vor sechs Jahren.

Von einer der Telefonkabinen neben dem Posteingang rief ich im Dezernat an.

»Erinnerst du dich an die Aussage der Zeugin aus dem Englischen Garten?«, fragte Martin.

»Ja.«

»Die Beschreibung der jungen Frau, die die Zeugin zusammen mit Grauke gesehen haben will, stimmt mehr oder weniger mit der überein, die der Bauarbeiter in Neuperlach Andy gegeben hat.«

»Hilft uns das weiter?«, sagte ich.

»Noch nicht«, sagte Martin. »Andy ist im Viertel unterwegs und fragt Leute auf der Straße und im Haus, in dem die Graukes wohnen.«

»Weiß Thon davon?«

»Nicht direkt.«

Ich erzählte ihm, was ich erfahren hatte.

»Damit haben wir nichts zu tun«, sagte Martin.

»Ja«, sagte ich. »Aber wir wissen immer noch nicht, ob Grauke mit den zwanzigtausend Mark nicht doch jemandem ein Geschenk zum Abschied machen will.«

»Zu wessen Abschied?«

»Zu seinem Abschied«, sagte ich.

Wir verabredeten, heute Abend essen zu gehen, eventuell mit unserer neuen Kollegin.

»Ist Sonja zurück?«, fragte ich.

»Grade gekommen, sie hat ernsthaft vor, nach Milbertshofen zu ziehen. Stell dir das vor! Von einer Hundertfünfundsechzig-Quadratmeter-Altbauwohnung in eine Achtunddreißig-Quadratmeter-Absteige für neunhundert Mark in der Kollwitzstraße. Das ist Masochismus.«

»Oder Pragmatismus.«

»Oder Hirnrissismus«, sagte er.

Ich sagte: »Kennst du den Song *I and I*?«

»Von Dylan? Natürlich. Wieso?«

»Ich hab vorhin an ihn denken müssen«, sagte ich.

Dann verabschiedeten wir uns.

Martin Heuer war mein bester Freund, mein einziger Freund. Und ich brachte es nicht fertig, ihm von einem ungewöhnlichen Moment zu erzählen. Und jetzt war der richtige Zeitpunkt verstrichen. Wahrscheinlich hätte ich doch nicht die richtigen Worte erwischt.

Wie Grauke in Gegenwart seiner Frau am vergangenen Sonntag.

13

Wegen der Rinderseuche gab es keinen Döner, also nahmen Martin und ich Lammspieß. Sonja hatte Schwertfisch bestellt, eines der besten Gerichte in der »Schwimmkrabbe«. Weil ich noch etwas vorhatte, trank ich Wasser, die beiden anderen tranken Bier.

Wir saßen vor dem Lokal auf dem Gehsteig und sahen den Autofahrern dabei dazu, wie sie ebenso verzweifelt wie naiv in der Ickstattstraße einen Parkplatz suchten.

»Kosten?«, fragte Sonja.

»Nein«, sagte Martin schnell. Er konnte es nicht ausstehen, wenn er von einem Nebenteller probieren musste. Denn das bedeutete für ihn, dass er genötigt war, auch von seinem Teller etwas anzubieten, und das mochte er nicht.

Martin Heuer gehörte zu den Menschen, die beim Essen ihre Ruhe haben wollen. Er redete nicht, er hörte nicht zu, er beugte sich vor und legte los. Er aß nicht schnell, aber auch nicht langsam, er aß zügig, als müsse er einen Plan einhalten, als folge er einem Ritual.

»Wart ihr schon mal in Irland?«, fragte Sonja.

»Nein«, sagte ich.

Unerwartet schüttelte Martin den Kopf. Neben ihm lag eine Broschüre, die er aus einem Reisebüro mitgebracht hatte. Nicht, dass Martin oft verreiste. Er verreiste nie. Aber er las begeistert Reisebroschüren und Hefte, in denen fremde Länder, seltsame Gebräuche, enorme Abenteuer beschrieben wurden. In dem neuen Heft ging es um ausgefallene Perlenketten aus Neuseeland, Kolibris in Venezuela, Trekking in Tasmanien, Katzenfriseure auf Taiwan. Über Irland stand nichts drin.

»Wir waren im Süden«, sagte Sonja. Dann schaute sie mich an.

Ich sagte: »Wir sind nicht verwandt, die Himmelsrichtung und ich.«

Zur Abwechslung bellte ein Hund.

Anscheinend hatte Sonja den Eindruck, wir würden uns für ihren desaströsen Urlaub mit unserem Dezernatsleiter nicht interessieren. Nach einem schnellen Blick zu Martin und mir widmete sie sich wieder ihrem Essen, ohne den Faden noch einmal aufzunehmen. Ich hätte ihr zugehört.

»Wie spät?«, fragte ich sie.

»Zwanzig nach sieben.«

In einer halben Stunde wollte ich aufbrechen. Ich hatte einen vagen Plan und eine vage Hoffnung. Möglicherweise musste ich diesen Fall in zwei Stunden endgültig abschließen, und wenn Maximilian Grauke allen Ernstes geplant hatte, für immer zu verschwinden, dann würde er das auch schaffen. Aus Erfahrung wusste ich, dass Menschen, die entschlossen waren, ein neues Leben an einem fernen Ort zu beginnen, selten scheiterten. Manche brauchten mehrere Anläufe, bei manchen ging etwas schief, sie kamen zurück, führten ihr vorheriges Leben weiter und erweckten den Anschein, sie hätten sich besonnen und würden ihre Nacht-und-Nebel-Aktion bereuen. Sie sammelten Kraft. Und neue Informationen.

Und verfeinerten ihr Konzept, ihre List. Und dann, eines Tages, lag dieser Brief auf dem Tisch, im selben Wortlaut wie der erste, vielleicht mit dem Zusatz: »Sucht mich nicht, diesmal habt ihr keine Chance«. Und wieder brach für die Angehörigen eine Welt zusammen, eine Welt, deren Risse sie gerade notdürftig gekittet hatten.

»Glaubst du, Grauke ist noch in der Stadt?«, fragte Sonja. Ich sagte: »Ganz sicher.«

»Hypnotiseur!«, sagte Martin und trank seinen Verdauungsraki.

»Wen hypnotisiert er?«, fragte sie.

»Sich selbst.«

»Ah ja«, sagte sie.

Sie warf mir diesen grünen Seitenblick zu, den ich schon kannte, und winkte dem Kellner, damit er endlich ihren leeren Teller abräumte. Unser Geschirr hatte er längst mitgenommen. Wir hatten wieder zu schnell gegessen.

Meine Form der Selbsthypnose führte nicht zu Bewegungslosigkeit und Willenlosigkeit, vielmehr versetzte ich mich in einen Zustand kreativer Sturheit.

»Und woher wissen Sie das so genau?«, nahm Sonja den Faden wieder auf. Sie schwenkte ihr Bierglas, um einen Rest Schaum zu retten.

»Ich stell es mir so vor«, sagte ich.

Danach betrachteten wir das Licht der untergehenden Sonne, wie es sich an die Häuserwände schmiegte und in den Scheiben tummelte. Sonja und ich saßen nebeneinander, Martin uns gegenüber, die Sonne im Rücken, mehr brauchte er nicht.

Den ganzen Nachmittag hatten wir im Büro verbracht, eine Reihe von Daten älterer Vermissungen ausgewertet, Kollegen im Westend telefonisch geholfen, eine ausgerissene Griechin wieder zu finden, deren Fluchtpunkte wir kannten. Schließlich kam Andy Krust von seiner Recherche im Glockenbachviertel zurück, allerdings hatte er niemanden aufgetrieben, der die junge Frau im weißen Panda kannte. Auch im Haus der Graukes führten seine Fragen nur zu zwecklosen Gegenfragen. Trotzdem musste sie jemand schon einmal gesehen haben.

Wo sonst außer in seiner unmittelbaren Umgebung sollte Grauke einer jungen Frau begegnet sein, die er auch noch in seinen Fluchtplan einweihte?

In unserer Fünfzehn-Uhr-Sitzung musste ich auf ausdrücklichen Wunsch von Thon den Fall Grauke noch einmal in allen Einzelheiten darlegen. Ich bemühte mich, als zuständiger Sachbearbeiter so sachlich wie möglich zu bleiben.

Nach Meinung der meisten Kollegen gab es keinen Grund, am Gesundheitszustand des Schuhmachers zu zweifeln, er hatte seine Frau aus freien Stücken verlassen, er hatte glaubhaft versichert, dass es ihm gut ging, und gebeten, ihn in Ruhe zu lassen. Eine Gefahr für Leib und Leben bestehe demnach nicht und somit auch kein polizeilicher Handlungsbedarf. So stand es dann auch im Protokoll.

»Ich muss los«, sagte ich jetzt.

Martin sagte: »Sonja und ich bleiben noch.«

Sie nickte mit geschlossenen Augen. Ich machte einen

Schritt zur Seite, um ihr den Blick auf die Sonne nicht zu verstellen.

Vielleicht war es ja umgekehrt, vielleicht sonnte sich die Sonne in Sonjas Gesicht.

Die Jahnstraße kreuzte die Ickstattstraße, ich hatte es nicht weit bis zum »Ragazza«. Als ich den Frauentreff betrat, unterhielt sich Sina Frank mit einer Frau in einem langen beigen Faltenrock und einer Jeansjacke. Im Gegensatz zu Sina hatte diese Frau eine Mähne, die schwarzen Haare fielen ihr auf die Schulter und sahen auf die Entfernung genauso strähnig aus wie meine.

»Das ist der Typ«, sagte Sina und deutete auf mich.

Die Frau mit der Jeansjacke drehte sich zu mir um.

Auf den ersten Blick konnte ich die Ähnlichkeit nicht erkennen. Was vor allem daran lag, dass die Frau sofort wieder wegschaute und sich nach unten beugte, um eine Zigarettenpackung aus ihrem Jutebeutel zu holen. Doch je näher ich kam, desto mehr entsprach sie der Beschreibung des Neuperlacher Bauarbeiters und der Zeugin im Englischen Garten.

Vor mir stand die einzige Person, die wusste, wo Maximilian Grauke sich aufhielt.

Ich stellte mich vor. »Wir sind dabei, die Sache zu den Akten zu legen«, sagte ich. »Ich bereite gerade den Abschlussbericht vor.«

»Was geht mich das an?«, sagte Elke.

Ich sagte: »Sie kennen Herrn Grauke.«

»Blödsinn.«

»Sie waren in seiner Werkstatt.«

Elke sog den Rauch ihrer Zigarette ein und zupfte sich Tabakkrümel von den Lippen. Wie Martin rauchte sie Filterlose.

»Sie haben bei ihm Schuhe reparieren lassen«, sagte ich.

»Er ist Schuster, stimmts?«

»Stimmt.«

Sie sah mich an. Ich neigte mich ein wenig vor und begutachtete ihren schmalen Mund.

»Was solln das?«, sagte sie.

»Benutzen Sie Lippenstift?«

»Was?«

Sina schüttelte den Kopf, glitt vom Barhocker, auf dem sie gesessen hatte, und ging zu einem Tisch, um eine Flasche Orangensaft und zwei Gläser zu holen.

Ich zog meinen kleinen Block und den Kugelschreiber aus der Tasche, und machte mir Notizen.

»Sagen Sie mir bitte Ihren Familiennamen, Sie sind eine Zeugin, Ihr Name wird nicht gespeichert.«

»Nein«, sagte sie.

»Ich will wissen, ob sie manchmal Lippenstift benutzen«, sagte ich.

Sina kam zurück und stellte die Gläser auf das Brett, das an der Wand entlanglief und auf dem Prospekte und Illustrierte lagen.

»Wieso ist das wichtig?«, sagte Sina.

»Wahrscheinlich ist es nicht wichtig«, sagte ich. »Ich trag nur Beobachtungen zusammen. Am Anfang mussten wir damit rechnen, dass Herr Grauke sich umbringt, wir wollten ihn rechtzeitig finden. Und vielleicht war der Lippenstift auf einem bestimmten Gegenstand eine Spur.«

»Sie wollten ihn finden, damit er sich nicht umbringt?«, sagte Elke.

»Ja.«

»Das ist doch jedem *seine* Sache, ob er sich umbringt.«

»Es ist unsere Pflicht, ihn zu suchen.«

»Und wenn es nicht Ihre Pflicht wäre?«, sagte Sina. Sie hatte den Saft in die beiden Gläser gegossen und schraubte die Flasche zu.

»Wenn es nicht meine Pflicht wäre, wäre ich nicht hier«, sagte ich.

Elke sagte: »Wieso maßen Sie sich an, jemanden daran zu hindern, Schluss zu machen? Wenn jemand beschlossen hat, es reicht, wieso kommen Sie dann daher und behaupten, es reicht nicht. Wieso zwingen Sie so jemanden, in sein Scheißleben zurückzukehren? Woher nehmen Sie das Recht? Woher?«

Ich steckte den Block und den Kugelschreiber ein und verschränkte die Arme.

»Darüber hab ich nicht nachzudenken«, sagte ich.

»Aber Sie denken darüber nach«, sagte Elke.

»Ja.«

»Und wenn sich jemand umbringen will, und Sie sind der Meinung, er solle das tun, weil es sonst nichts mehr für ihn zu tun gibt in diesem Leben, dann hindern Sie ihn daran. Weil das Ihre Pflicht als Polizist ist.«

»Ja.«

»Es könnte auch Ihre Pflicht als gläubiger Mensch sein«, sagte Elke.

»Als gläubiger Mensch«, sagte ich, »beschäftige ich mich mit meinem eigenen Leben.«

»Jeder hat das Recht sich umzubringen«, sagte Elke. Sie drückte die Zigarette in einem Glasaschenbecher aus. Ich musste an das Plexiglasregal in Paula Trautweins Wohnzimmer denken, auch dort gab es solche Aschenbecher.

»Kennen Sie die Schwägerin von Herrn Grauke?«

»Wirklich nicht«, sagte Elke.

»Und seine Frau?«

Sie schüttelte den Kopf, grinste und trank.

»Wann waren Sie zuletzt in seiner Werkstatt?«

»Das ist die klassische Frage«, sagte Elke.

Ich sagte: »Das ist die klassische Frage.«

Sie sah Sina an. Zwischen den beiden Frauen mochte eine vertrauensvolle Freundschaft existieren, und so wie Sina über Elke gesprochen hatte, vermutete ich, sie tauschten Dinge aus, die sonst niemand wusste.

Doch von Elkes Beziehung zu Grauke hatte die »Ragazza«-Chefin keine Ahnung gehabt. Sonst hätte sie bei unserer ersten Begegnung in einem anderen Ton mit mir geredet. Und hätte jetzt nicht derart verwundert auf Elkes Antwort reagiert.

»Ist lang her«, sagte Elke, »drei Monate ungefähr.«

Obwohl Sina nichts sagte, gelang es ihr nicht, neutral zu bleiben. Und da sie den Kopf zu spät zur Seite drehte, konnte ich kurz ihre Augen sehen.

»Danke«, sagte ich.

Zwei Mädchen kamen herein, die meine Anwesenheit erschreckte. Wie Kinder schauten sie hilfesuchend zu Sina. Ich sagte: »Ich bin am Gehen.« Und zu Elke: »Sie benutzen also selten Lippenstift.«

»Mann!«, sagte sie. »Ich nehm nie Lippenstift! Ich brauch kein BSE, ich hab genug andere Probleme!«

»Entschuldigen Sie meine Fragen«, sagte ich. »Wir wissen inzwischen, dass Herr Grauke nicht vorhat, sich umzubringen, und damit ist für uns die Sache erledigt. Seine Frau und seine Schwägerin sind natürlich niedergeschlagen und ratlos.«

In Elkes Gesicht regte sich kein Muskel. Ihr Blick ruhte gleichgültig auf mir, als wäre ich der Wetteronkel.

Die beiden Mädchen, die hereingekommen waren, setzten sich schweigend an den Tisch und ließen mich nicht aus den Augen. Ich verabschiedete mich und bedankte mich ein zweites Mal.

Auf der Straße hätte ich den Wagen beinah übersehen. Ich war schon einige Schritte gegangen, als ich mich noch einmal umdrehte. Schräg vor einem schwarzen Range Rover hatte ich ein helles Heck bemerkt. Ich kehrte um. Das Auto war ein weißer Panda. Ich notierte mir die Nummer. Damit würde für Martin die Aufgabe leichter werden.

Von einer Telefonzelle beim Kinderspielplatz rief ich ihn in der »Schwimmkrabbe« an.

»Du brauchst nicht zu Fuß zu gehen«, sagte ich. »Sie hat ihr Auto dabei.« Über das Kennzeichen sollte er ihren Familiennamen und ihre Adresse herausfinden und sie dann beschatten, bis ich ihm neue Anweisungen geben würde. Vorher hatte ich noch eine Verabredung, die ich am Nachmittag organisiert hatte.

»Sonja will mit mir kommen«, sagte Martin.

Ich sagte: »Das würde Thon nicht gefallen.«

Daraufhin hörte ich eine Weile nichts in der Leitung.

»Sie besteht darauf«, sagte er dann.

14

Etwas war zwischen den beiden Schwestern passiert, und das Einzige, worin sie sich noch einig zu sein schienen, war: »Wir haben beschlossen, dass wir nicht mit Ihnen sprechen möchten.«

Ich hatte Paula zu den Graukes bestellt, allerdings nicht in die Wohnung, sondern in die Werkstatt. Ich wollte dort mit den zwei Frauen sprechen, zum letzten Mal. Und wenn ich merken sollte, dass sie weiterhin nur auf Lügen aus waren, würde ich die Vernehmung beenden und diese Familie sich selber überlassen. Auch die Beschattung von Elke würde ich dann sofort abbrechen und noch in dieser Nacht den definitiven Vermisstenwiderruf ins System eingeben.

Aber sie konnten nicht schweigen.

In dem Moment, in dem ich das Licht in der Werkstatt anschaltete, und die beiden allem Widerwillen zum Trotz den vertrauten Raum betraten, vergaßen sie ihre geheimen Abmachungen.

Wie Paula sich ausgedrückt hatte: Etwas zerbröselte innerlich.

»Es ist nicht meine Schuld, dass Maximilian weggegangen ist«, sagte Lotte, die eine Hand auf der Nähmaschine, in der anderen den Schlüsselbund. »Meine Schuld war das nicht, diesmal nicht und damals auch nicht. Es ist unser beider Schuld. Und diesmal ist meine Schwester allein dran schuld, ganz allein.«

Paula Trautwein lehnte am Tisch. Ihren Strohhut hatte

sie nicht abgesetzt, diesmal trug sie eine graue Hose und ein eng geschnittenes Jackett, das sie zugeknöpft hatte. In der staubigen Werkstatt wirkte sie in diesem Aufzug kurios. Lotte dagegen hatte ein schlichtes dunkles Kostüm an, das sie älter wirken ließ, als sie war. Und sie machte einen müden, unterlegenen Eindruck. Es sah aus, als würde sie sich an die Nähmaschine klammern, um nicht den Halt zu verlieren. Vielleicht fühlte sie sich auch nur von der einzigen Maschine in dieser Werkstatt angezogen, die sie selbst bedienen konnte.

»Tragen Sie eigentlich jeden Tag dasselbe Zeug?«, sagte Paula zu mir.

Ich sagte: »Nein.«

»Kommt mir aber so vor. Immer wenn ich Sie sehe, tragen Sie diese Lederhose mit diesen aufdringlichen Bändeln an der Seite, ein weißes Hemd und diese abgeschabte Lederjacke. Finden Sie das normal?«

»Sie irren sich«, sagte ich.

»Ich nicht! Außerdem haben Sie sich immer noch nicht rasiert! Haben Sie keine Freundin, die Sie da mal zurechtweist?«

»Nein«, sagte ich.

»Kein Wunder! Welche Frau will schon einen Mann, der sich nie umzieht!«

»Warum sind diesmal Sie allein daran schuld, dass Herr Grauke verschwunden ist?«, sagte ich.

»Weil ich ihn hier rausholen wollte«, sagte sie laut.

Lotte sah zu Boden.

»Weil er die Nase voll hatte von diesem Loch hier. Von

dieser Plackerei, von allem. Von allem!« Ihre Stimme klang gehässig, fast hämisch.

»Du lügst!«, sagte Lotte. Sie warf ihrer Schwester einen Blick zu, den diese erwiderte. Und Lotte brauchte einige Sekunden, bis sie sich von diesem Blick befreite. Dann schaute sie zu mir. Ich stand vor der geschlossenen Tür zum Treppenhaus.

»Sie lügt, Herr Süden. Er hat nicht ... er hat seine Arbeit ... er hat das ...«

»Langsam, Frau Grauke!«, sagte ich. »Ich bin da, um Ihnen zuzuhören. Lassen Sie sich Zeit!«

»Ich will aber nicht!«, sagte sie und ich wusste nicht, was genau sie damit meinte. »Er wollte nicht weg, das ist ... nein ... Sie hat ihn ... Sie hat ihm den Kopf verdreht, sie hat ihm das eingeredet. Er war nämlich glücklich hier, glücklich. Du hast ja keine Vorstellung, was wir ... was ich mit ihm gesprochen hab, wenn er bei mir war, wenn wir allein waren ...«

Nur für einen Moment drehte sie den Kopf zu Paula, dann wandte sie sich sofort wieder an mich.

»Obwohl die Geschäfte nicht mehr so gut liefen wie früher, trotzdem hat er seine Arbeit gern gemacht, heute gibts eben keine Pfennigabsätze mehr und solche Sachen, heute kaufen die Leute billige Schuhe und dann schmeißen sie sie weg und kaufen sich neue. Oder die jungen Leute, die haben Turnschuhe oder diese ... diese hohen Schuhe, diese Plateausohlen, die gehen doch nie kaputt! Da verdient man nichts dran. Früher hatten die Leute Maßschuhe, da lohnte die Arbeit, da hatte man nicht zehn oder zwanzig Paar Schuhe wie heute, da hatte man wenig Schuhe und dafür gute ...«

Sie holte Luft. Sie sah sich um. Jeder Zentimeter eine Vergangenheit, die unauslöschlich war. Und die Lotte nicht gewillt war aufzugeben. Hinzuschmeißen. Klein zu machen.

»Urlaub konnten wir uns nicht leisten, und das wollte mein Mann auch nicht. Und ich auch nicht. Wir waren gern hier, das war immer unser Zuhause hier ...«

»Aber Sie haben nicht ihn, sondern Ihre Stiefschwester geliebt«, sagte ich.

Sie hob den Kopf. Dann ließ sie die Nähmaschine los. Und sofort schnappte ihre Hand wieder danach.

Paula steckte die Hände in die Hosentaschen.

»Ihr Mann war so geschockt davon, dass er sich umbringen wollte«, sagte ich.

»Ja«, sagte Lotte erschöpft, »ja, das war so. Und wissen Sie ... wissen Sie, was das Schlimmste daran war ... das Schlimmste?« Ihr Blick irrte durch die Werkstatt, huschte über mein Gesicht, blieb an der roten Ausputzmaschine mit den Polierrädern hängen. »Das war, dass ... dass ich mich nicht geschämt hab vor ihm. Ich bin erschrocken und ich hab mich ertappt gefühlt, aber nicht ... Aber geschämt hab ich mich nicht. Und das hat mich verfolgt. Deswegen hab ich nicht mehr schlafen können. Nicht weil ... weil er sich ... Davon wusste ich ja nichts, das hab ich ja erst später erfahren, als er zurückgekommen ist und mir alles gebeichtet hat ... das mit dem Seil und der Pension und ... Ich hab gedacht, ich muss mich schämen.

Und dann ist mir klar geworden, dass ich ihn ja die ganzen Jahre schon belogen hab, schon seit der Hochzeit, und dass ... Mein Mann hat ein Problem ...«

»Er ist impotent«, sagte ich.

Sie starrte mich an. Ich lächelte und sie sah mich mit aufgerissenen Augen an. Ich hörte auf zu lächeln. Dann ging ich zu ihr und griff nach ihrem Handgelenk. Es war kalt.

»Es hat ihm nichts ausgemacht, dass Sie nicht mit ihm geschlafen haben«, sagte ich.

»Wir haben schon zusammen geschlafen«, sagte sie und verstummte. Ich drückte ihr Handgelenk. Und die Schlüssel klirrten. »Er war gut zu mir, er war zärtlich. Und ich war auch zärtlich zu ihm ... Wir haben uns schon verstanden. Aber ... als dann ... damals an diesem Wintertag ...«

»Und diesmal«, sagte ich und ließ sie los. »Und diesmal hat er sie wieder überrascht, aber der Grund, weswegen er wegging, war ein anderer.«

»Er wollte doch mit ihr weg!«, sagte Lotte, und ihre Stimme klang so laut wie die ihrer Schwester vorhin. »Sie hat ein Verhältnis mit ihm!«

»Nein!«, sagte Paula. »Nein! Ich hab kein Verhältnis mit ihm ...«

»Ich halt das nicht aus«, sagte Lotte und atmete unruhig. »Du bist ... du bist meine liebste ... meine liebste ... Du bist das ... «

Sie biss sich auf die Lippen. Hastig legte sie den Schlüsselbund auf die Nähmaschine und fuchtelte mit den Händen. »Ich lieb dich immer noch, und du ... Sie hat das damals versprochen ... Du hast es versprochen, das war dein Versprechen, du hast es mir bei unserer Liebe versprochen ...«

»Was, Frau Grauke?«, sagte ich. »Was hat sie versprochen?«

Ich wich ihr aus, denn sie machte plötzlich einige Schritte, sie deutete sie an, sie hob die Beine, sie beugte ihren Oberkörper nach vorn, sie schwenkte die Arme. Alles auf engstem Raum, und so, als wäre der Raum noch enger als in Wirklichkeit. Als dürfe sie keine falsche Bewegung machen, weil sonst alles durcheinander geriet, wagte sie keinen Meter zu gehen. Wie ein trauriger unerklärlicher Tanz.

»Ich hab versprochen, nie mehr als Nutte zu arbeiten«, sagte Paula Trautwein. Sie bewegte ein Bein und berührte eine der Bierflaschen unter dem Tisch. Klirrend fiel die Flasche um. Lotte zuckte zusammen.

»Sie hat versprochen, wenn ich bei ihr bleibe, dann hört sie für immer damit auf, mit Männern zu schlafen und sich an Männer zu verkaufen. Ja.« Lotte holte Luft. Sah Paula an, unaufhörlich. Jetzt blickte Paula zu Boden. Unaufhörlich. Und weil sie nicht wieder aufschaute, gab sich Lotte einen Ruck und ging zu ihr. Blieb vor ihr stehen. Paula reagierte nicht. Dann hob Lotte die Hand und legte sie an Paulas Wange.

»Du hast dein Versprechen gehalten, mein Engel«, sagte sie.

Dann war es still.

Die beiden Frauen standen dicht voreinander und sahen

sich nicht an. Lotte nahm die Hand nicht von der Wange ihrer Geliebten.

Draußen fuhren Autos vorüber. Durch die heruntergelassenen Rollos war nichts zu erkennen.

Lottes rechte Hand ruhte auf Paulas Wange.

Dann hörte ich einen Seufzer.

Lotte holte aus und schlug Paula mit der linken Hand ins Gesicht. So heftig, dass der Strohhut zu Boden fiel und Paula aufschrie.

Lotte setzte sich auf den Schemel, nahm eines der Ledermesser in die Hand und betrachtete es wie etwas, das sie zum ersten Mal sah. Von ihrer Schwester und mir nahm sie keine Notiz.

»Sie wollten mit ihm weggehen«, sagte ich zu Paula. Ich hatte ihren Strohhut aufgehoben und hielt ihn ihr hin. Sie ließ mich eine Weile mit ausgestrecktem Arm dastehen, ehe sie den Hut nahm, ihn behutsam abklopfte, ihn abpustete und wieder aufsetzte.

»Ja«, sagte sie kühl, »ich wollte mit ihm weggehen. Ich wollte noch mal was Neues machen, so wie er. Ich wollte, dass was Neues beginnt, was anderes, nach Jahren des ... nach Jahren der immer gleichen Dinge ...«

»Und Sie haben aufgehört Ihre Freundin zu lieben.«

»Das geht Sie so viel an wie ob ich mir Schuhe aus Kalbsleder oder aus Känguruleder kaufe«, sagte sie.

Ich sagte: »Sie haben aufgehört sie zu lieben.«

Sie erwiderte nichts.

Lotte spielte mit dem Messer, saß gebückt auf dem Schemel, halb abgewandt von uns beiden.

»Sie haben nie aufgehört, an Männer zu denken«, sagte ich.

Paula stieß sich vom Tisch ab, ging nah an mir vorbei, ich roch ihre frisch gewaschenen Haare, und stellte sich hinter ihre Schwester. Nach einem Zögern legte sie ihr die Hände auf die Schultern.

»Sie haben uns ausgehorcht«, sagte sie, mit dem Rücken zu mir. »Und das reicht jetzt.«

Ich schwieg.

Jemand klopfte von außen an das Türrollo. Wir sahen alle drei hin. Schritte waren zu hören. Wahrscheinlich ein Kind.

Stille.

Dann sagte Lotte: »Ich bin froh, dass wir darüber gesprochen haben. Auch wenn es nichts ändert. Es ist wichtig, dass wir das alles ausgesprochen haben.«

»Ja«, sagte Paula.

»Ja«, sagte Lotte.

Ich sagte: »Mit den zwanzigtausend Mark wollten Sie beide ein neues Leben anfangen.«

»Nein«, sagte Paula.

»Er hat das Geld nicht wegen Ihnen abgehoben?«

»Nein!«, sagte sie mit Nachdruck.

»Was will er mit dem Geld?«

Lotte drehte sich zu mir um. »Das möcht ich gern wissen. Ich glaub Paula. Ich glaub dir. Ich möchte wissen, warum er das getan hat. Er hat mir nichts davon gesagt, als er noch mal zurückgekommen ist. Können Sie das nicht herausfinden?«

Ich stellte mich so hin, dass ich ihr ins Gesicht sehen konnte.

»Ja«, sagte ich, »wenn ich Ihren Mann finde.«

Wieder schwiegen wir.

»Sie haben mit ihm gesprochen«, sagte ich zu Paula. »Sie waren hier bei ihm in der Werkstatt. Sie haben mit ihm Bier getrunken.«

»Wer sagt das?«

»Ihr Lippenstift ist an der Flasche.«

Ruckartig stand Lotte auf, überlegte, wo sie das Messer hinlegen solle, und legte es dann auf die Werkbank zu den Klebstoffbehältern.

»Wir wissen nicht, was er mit dem Geld will«, sagte Paula.

»Wo wollten Sie denn mit ihm hin?«, fragte ich. Langsam entwickelte ich mich zu einem jener Fragenmonster, in das die Kollegen vom Mord bei komplizierten Vernehmungen oft mutierten.

»Raus aus der Stadt, vielleicht an die Ostsee.«

»Das ist nicht sehr weit weg.«

»Weit genug«, sagte Paula.

»Du hast dich an mir gerächt«, sagte Lotte. Sie stand bei der Eingangstür, und ich dachte schon, sie wolle das Rollo hochziehen. Den Gurt hatte sie schon in der Hand.

»Weil ich dich gezwungen hab, bei mir zu bleiben, hast du heimlich ein Verhältnis mit Maximilian angefangen ...«

»Lotte!«

»... Du hast ihn rumgekriegt, und ihr habt mich beide aus-

getrickst. Er wollte sich auch an mir rächen, so wie du ...
Du hast ...«

Mit drei schnellen Schritten war Paula bei ihr und packte
ihre Hände.

»Was für ein Verhältnis denn?«, sagte sie laut. Dann
senkte sie ihre Stimme. »Was kann man denn mit Max
für ein Verhältnis haben? Ich wollte weg, und er auch. Er
wollte auch weg! Er hat nur nie drüber geredet. Aber seit
damals, als er uns ... als er uns gesehen hat, wollte er weg,
das weiß ich. Aber er war zu schwach dazu, zu feige, und
jetzt ... Jetzt hat er gedacht, er hat uns wieder erwischt,
dabei ... Es ist doch vorbei, Lotte, es ist vorbei mit uns,
schon lang ...«

»Nein!«, sagte Lotte und biss sich auf die Lippen.

»Doch. Ich hab gedacht, ich muss weg, sonst schaff ich
das nie ... Wenn ich hier bleib, dann komm ich nie los
von dir ...«

»Warum willst du denn los von mir?«, rief Lotte. »Warum
denn? Das ist doch gut mit uns, ich eng dich doch nicht
ein! Du kannst kommen, wann du willst, du kannst machen, was du willst, ich tu dir doch nichts, ich sag dir
nicht, was du tun sollst, das kannst du mir nicht vorwer-
fen ...«

»Nein«, sagte Paula, »nein, nein ...«

»Alles, was ich tu, ist, dass ich dich liebe.«

»Alles, was schön war zwischen uns, wird immer schön
bleiben. Immer.«

Lotte stieß Paula beiseite und kam auf mich zu. »Meine
Mutter hat immer gesagt, dass ich mir was einrede, dass

das vorbeigeht, dieses ... diese Gefühle, dass die eine Phase sind ... Meine Mutter hat gewusst, was mit mir los ist, aber sie hat gesagt, das verschwindet wieder, wie eine Krankheit ... Wieso denn? Ich tu niemandem was, ich bin sogar verheiratet, ich hab ein ganz normales Leben, das ist vielleicht normaler als das von den meisten Leuten hier im Viertel, das kann gut sein, oder? Ich hab niemanden belästigt damit, und meinem Mann hat das nicht geschadet, ich hab ihn nicht betrogen, ich hab ihn auch gern. Aber lieben ist was anderes, und ich ...«

Sie sah sich zu Paula um und schien sie zuerst nicht zu finden. Blitzschnell drehte sie den Kopf in die andere Richtung. Paula stand vor dem Regal mit den reparierten Schuhen.

»Du kannst jetzt nicht weggehen, das lass ich nicht zu«, sagte Lotte mit zitternder Stimme. »Ich lass mich von euch nicht sitzen lassen! Ich lass mich von euch nicht sitzen lassen!«

Dann machte sie eine seltsame Drehung, verlor die Balance und kippte mir entgegen.

Ich hielt sie fest und legte die Arme um sie. Ihr Körper begann zu zucken, sie versteckte den Kopf unter meiner Jacke. So klein und dünn wie sie war, schien sie zu schrumpfen und unter dem Beben, das sie schüttelte, zu verschwinden.

»Maximilian ist mit einer jungen Frau unterwegs«, sagte ich.

Während Lotte unverändert blieb, hob ihre Schwester den Kopf.

»Vermutlich hat er gemeinsam mit ihr das Geld abgehoben.«

Paula wartete darauf, dass ich weitersprach. Lotte beruhigte sich etwas und machte sich langsam von mir los.

»Wir wissen inzwischen, wie die Frau heißt«, sagte ich, »aber in welcher Verbindung sie zu ihm steht, wissen wir noch nicht.«

»Warum nicht?«, sagte Paula.

Aus tränennassen Augen sah Lotte zu mir herauf. »Was denn für eine junge Frau? Wo kommt die denn her? Das müssen Sie doch wissen!«

»Sie besucht das ›Ragazza‹ nebenan.«

»Sie lügen«, sagte Paula.

Ich sagte: »Jetzt nicht.«

»Und wie heißt sie?«, fragte Lotte.

»Elke.«

»Ich kenn keine Elke«, sagte Paula. »Und wie weiter?«

»Den Familiennamen haben mir meine Kollegen noch nicht mitgeteilt.«

»Sie lügen«, sagte Paula wieder.

»Sind die beiden zusammen gesehen worden?«, fragte Lotte. Sie sah sich um, sie suchte etwas, mit dem sie sich die Nase putzen konnte.

»Ja«, sagte ich. »Mehrmals.«

»Sie haben doch mit Max gesprochen«, sagte Paula, »wieso haben Sie ihn nicht gefragt?« Sie ging zu Lotte und gab ihr ein Papiertaschentuch.

»Danke«, sagte Lotte leise.

Ich sagte: »Zu dem Zeitpunkt wussten wir noch zu wenig von der Frau.«

Lotte schneuzte sich, tupfte sich die Augen ab und warf das Taschentuch in den Papierkorb.

»Im Moment«, sagte ich zu Paula Trautwein, »sieht es nicht so aus, als wolle er mit Ihnen die Stadt verlassen.«

Sie bemühte sich um ein Lächeln. Es misslang ihr.

Die beiden Frauen hielten sich an der Hand. Man hätte meinen können, sie warteten darauf, abgeholt zu werden. Aber niemand kam. Und sie warteten schon lange. Und ihre Kraft ließ nach. Und ihre Zuversicht.

»Sie hätten damals kein Gelöbnis ablegen müssen«, sagte ich zu Paula.

»Natürlich nicht«, sagte sie. »Ich wollte ja nicht in die Kirche eintreten!«

»Nein«, sagte ich.

Nach einem Schweigen sagte Lotte: »Sie hat es wegen mir getan.«

»Ja«, sagte ich.

Ich stand ihnen gegenüber. Wir sahen uns an. Das trübe Licht machte uns nicht ansehnlicher. Und doch schafften wir es nicht, die Werkstatt zu verlassen. Wir hatten hier nichts mehr verloren. Es roch nach Leder. Vor allem nach Leder. Auch nach Parfüm. Und nach gegrilltem Fleisch. Auch wenn Letzteres unwahrscheinlich war. Aber vielleicht drang der Duft von draußen herein. Risse und Lücken gab es genug.

Reglos standen wir da.

Ich würde den beiden Frauen versprechen, Maximilian zu finden und mit ihm zu sprechen. Und danach?
Die beiden kleinen Frauen hielten sich noch immer an der Hand.

15

Die Gäste in der Hotelhalle trugen kurzärmelige Hemden und Shorts, sie lachten viel und bewegten sich lässig zwischen den schweren Sesseln und niedrigen Tischen. Sie winkten Bekannten zu und wirkten, als würden sie jeden Moment ihre Sandalen abstreifen und in einen imaginären Swimmingpool springen. Das echte Schwimmbad lag im obersten Stockwerk, wo man mit halb geschlossenen Augen das Gefühl hatte, über die Dächer der Stadt zu schwimmen.

Ich legte den Kopf in den Nacken. Die bunte Glaskuppel leuchtete so hell, als würde draußen noch die Sonne scheinen.

In der Bar nebenan spielte eine Band.

Bis vor wenigen Minuten saß ein Mann an meinem Tisch, der ein unendliches Gespräch mit seiner Freundin führte, in dem er ihr erklärte, wie brillant und originell er zu Abend gegessen hatte. So wie er das Lokal und die Gerichte beschrieb, war ich froh, dass ich nicht hatte mitessen müssen. Er verabschiedete sich von ihr mit einem routinierten »Ichdichauch«, steckte sein Handy ein, nickte mir zu, stand auf und eilte in die Bar.

Es war gegen halb zwölf, als ich sie aus dem Fahrstuhl kommen sah.

Nachdem Martin mir Bescheid gesagt hatte, beobachteten er und Sonja weiter ihre Wohnung, während ich mit dem Taxi ins »Vier Jahreszeiten« gefahren war.

»Entschuldigung«, sagte ich.

Sie erschrak nicht. »Was machen Sie hier?«

»Ich will was mit Ihnen trinken«, sagte ich.

»Ich bin müde.«

Elke Schlosser zuckte mit der Schulter, damit der Riemen ihrer Ledertasche nicht runterrutschte, räusperte sich und ging an mir vorbei.

Ich zeigte ihr meinen Tisch. Sie stellte die Tasche auf den Boden, ließ sich in den Sessel fallen und knöpfte ihren schwarzen glänzenden Mantel auf. Darunter trug sie ein rotes Kleid. »Rufen Sie die Agentur an!«, sagte sie.

Ich sagte: »Wozu denn?«

»Gibts hier auch was zu trinken?«, sagte sie.

Der Ober war im Stress, und ich musste eine Zeit lang herumfuchteln, bis er mich bemerkte.

Elke sah mich schweigend an. Dann zündete sie sich eine Zigarette an, wippte mit dem Oberkörper vor und zurück, blickte zur Rezeption, wo niemand sie beachtete, sah wieder mich an, grinste und drehte die Zigarette zwischen den Fingern.

»Von mir erfährt weder die Ehefrau Ihren Namen noch sonst jemand«, sagte ich. »Ich will wissen, wo Maximilian Grauke ist und ob er vorhat, mit Ihnen wegzugehen. Wohin, geht mich nichts an. Ich will wissen ...«

»Nein«, unterbrach sie mich.

»Nein, was?«

»Was hätten Sie gern?«, sagte der Ober. Vielleicht war er in Sekundenschnelle aus dem Teppich gewachsen. Eben noch hatte ich ihn an der kleinen Theke im Vorraum Kaffee einschenken sehen.

»Ein Glas Champagner«, sagte Elke.

»Noch ein Bier«, sagte ich.

»Sehr gern«, sagte der Ober. Er ging zum nächsten Tisch.

»Nein«, wiederholte ich.

»Ja«, sagte sie. Grinste wieder, drückte die Zigarette aus und tupfte sich den Mund mit dem Handrücken ab. »Er will nicht mit mir weggehen.«

»Sondern allein.«

»Nein«, sagte sie.

»Er ist jetzt in Ihrer Wohnung.«

Sie antwortete nicht.

»Die zwanzigtausend Mark sind für Sie«, sagte ich.

Sie zog ihren Mantel aus. Ich wollte ihr helfen, aber sie drehte sich zur Seite. Sie legte ihn über ihre Tasche.

Jeder, der uns sah und schon öfter eine bestimmte Zeit in einer Hotellobby verbracht hatte, musste mich für einen Kunden der Dame in Rot halten. Für einen korpulenten, Bier trinkenden Kerl, der sich zu einer bürgerlichen Warteschleife mit Champagner verpflichtet fühlte.

Sie schwieg wieder. Das war mir angenehm. Vielleicht dachte sie an den Freier, bei dem sie gerade gewesen war, vielleicht war er Stammkunde in ihrer Agentur, und sie hatte Freude an ihm.

»Woran denken Sie jetzt?«, sagte sie plötzlich.

Ich sagte: »An Sie.«

»Ein andermal«, sagte sie.

Da war ein heiteres Begehren in ihrer Stimme. Oder das Bier wirkte sich schädlich auf mein Gehör aus.

»Zum Wohl, die Herrschaften!«, sagte der Ober.

Elke hob ihr Glas, prostete mir zu und trank einen minimalen Schluck. Anders als ich. Ich trank wie immer.

»Wissen Sie, wo das Paradies des Friedens liegt?«, sagte sie. Betrachtete ratlos die Packung Zigaretten und zündete sich dann eine neue an.

»Im Himmel?«, sagte ich.

Sie lächelte.

»Miriam wollte da hin, sie hat gesagt, Prinzessin Diana war dort und sie will da auch hin. Das war Miriams größter Wunsch. Vielleicht ist sie ja jetzt dort. Kann ja sein.« Diesmal trank sie einen langen Schluck und behielt das Glas in der Hand. Es sah aus, als würde sie daran riechen.

»Wo ist das Paradies des Friedens?«, fragte ich.

Sie sagte: »Auf Moyo Island.«

Schade, dass Martin nicht hier war. Er lernte seine Reiseprospekte immer halb auswendig.

»Und Sie wollen Miriam besuchen«, sagte ich. »Mit dem Geld von Maximilian Grauke.«

»Ganz genau«, sagte sie.

»Und Grauke fährt nicht mit.«

»No«, sagte sie, lehnte sich zurück, strich sich übers Knie. Sie hatte die Beine übereinander geschlagen, sie waren leicht gebräunt.

»Ich hab doch gesagt, ein andermal«, sagte sie.

»Sind Ihre Beine da, damit ich wegseh?«

»Das auch wieder nicht«, sagte sie.

Wir schwiegen.

Wir tranken.

Die Band nebenan spielte englische Songs aus den sechziger Jahren. Immer mehr Gäste gingen. An der Rezeption klingelte das Telefon nur noch selten.

Wir bestellten noch eine Runde.

»Ist Grauke ein guter Schuster?«, fragte ich.

»Glaub schon«, sagte Elke. Und jetzt, wenn ich mich nicht täuschte, gab es einen anderen Unterton in ihrer Stimme, ein sanftes Lallen. Garantiert hatte sie oben im Zimmer nicht nur Mineralwasser getrunken.

»Er hat seiner Schwägerin versprochen, mit ihr wegzugehen«, sagte ich.

»Sie glauben aber auch alles, was die erzählt!«, sagte sie. »Die bildet sich das ein. Weil sie selber da nicht wegkommt, hat sie gedacht, sie hängt sich an Max dran. Die spinnt. Das ist doch eine Wahnsinnsfamilie!«

»Wissen Sie etwas über die beiden Schwestern?«

»Die interessieren mich null. Und Max hat nie von denen gesprochen, den interessieren die genauso null. Schon früher ... schon ...«

Sie trank und unterdrückte einen Schluckauf.

Ungefähr drei Sekunden später schnellte der Ober wieder aus dem Teppich. Und brachte auf einem kleinen weißen Teller einen Strohhalm. Wortlos stellte er den Teller hin, nickte Elke zu und verschwand. Wie selbstverständlich nahm sie den Strohhalm und rührte damit in ihrem Glas, damit die Kohlensäure entwich.

Auch wenn ich nirgendwo Stammgast sein wollte, in diesem Moment beneidete ich Elke um ein solches Privileg.

Darüber hatte ich vergessen, ein neues Bier zu bestellen.

»Wussten Sie, dass Grauke schon einmal verschwunden war?«, sagte ich.

»Klar«, sagte sie und rührte weiter. »Ich hab damals mal bei ihm in der Werkstatt übernachtet. Ich hab mich verstecken müssen, er hat mir eine Decke gegeben, einen Schlafsack hatte ich selber. Das war mutig von ihm. Die Leute, die mich gesucht haben, waren gefährliche Arschlöcher. Wenn die mich gefunden hätten, hätten sie ihn auch fertig gemacht. Aber er hatte keine Angst.«

»Und vor kurzem haben Sie wieder bei ihm übernachtet.«

»Ja«, sagte sie und trank. »Weil er mich gebeten hat. Weil er selber in seiner Werkstatt übernachtet hat. Keine Ahnung, was die zwei Weiber wieder angestellt hatten. Er wollte nichts von mir, ja? Darum gings nicht, so einer ist der Max nicht. Ich hätt ihn schon gelassen, ich hab mir gedacht, dass da nichts mehr läuft. Wenn er mich gefragt hätt, hätt ich ihn gelassen. Aber er hat mich nicht gefragt.«

»Vielleicht hat er sich nicht getraut«, sagte ich.

»Kann schon sein.«

Es gelang mir, den Blick des Obers zu erwischen. Ich hob mein leeres Glas.

»Er hat Ihnen nicht gesagt, warum er abhaut? Damals und jetzt?«

»Ich hab ihm gesagt, er braucht mir nichts zu erklären. Ich helf ihm, wenn er das möchte, er hat mir damals geholfen, jetzt helf ich ihm. Er hat mir das Leben gerettet, die Typen hätten mich umgebracht. Und dann bin ich in die Klinik und dann war ich nicht mehr wichtig für die, die brauchten dann Gesündere als mich. Aber davor wäre ich geliefert gewesen. Max ist in Ordnung.«

»Was hat er denn vor?«

»Das geht Sie doch nichts an!«

»Zum Wohl, der Herr!« Der Ober stellte mir das frische Glas hin.

»Ich muss gehen«, sagte Elke.

Ich sagte zum Ober: »Bringen Sie mir bitte die Rechnung!«

Ehe er zurückkam, half ich Elke in den Mantel. Im Stehen trank sie ihr Glas aus. Ich blieb sitzen und gab dem Ober sein Geld.

»Bis bald mal wieder!«, sagte er und nickte uns beiden zu.

»Unbedingt«, sagte ich.

Auf der Straße überlegte sie, wo sie ihr Auto geparkt hatte.

»Ich will mit ihm sprechen«, sagte ich.

Sie sagte: »Nein.«

Dann hakte sie sich bei mir unter. Wir gingen in eine Seitenstraße. Vor einem beleuchteten Schaufenster stand der weiße Panda.

»Sie fragen ihn, ob er mit mir sprechen will«, sagte ich. »Wenn nicht, verschwind ich wieder.«

»Sie nehmen ihn bloß mit«, sagte sie und suchte in der Ledertasche nach dem Autoschlüssel.

»Der Mann ist erwachsen«, sagte ich.

»Ich möchte nicht, dass Sie wissen, wo ich wohn.«

»In der Fallmerayerstraße 32.«

»Bullen!«, sagte sie. Sie sperrte auf, warf die Tasche auf den Rücksitz und setzte sich hinters Lenkrad. Unaufgefordert stieg ich ebenfalls ein.

Beide Türen standen offen. Im Auto war es warm. Und eng. Ich hätte den Beifahrersitz nach hinten schieben müssen.

»Ich bin betrunken«, sagte sie.

Ich sagte: »Ich bin eine Autoritätsperson, wir kommen schon durch.«

»Sind Sie sicher?«

»Nein«, sagte ich.

Sie schlug die Tür zu und schaltete den Motor ein. Ich schloss die Beifahrertür.

Der Motor lief, aber sie fuhr nicht los.

»Er hat mich versteckt, und ich hetz ihm die Polizei auf den Hals«, sagte sie.

Aus Versehen drückte sie auf die Hupe.

»Entschuldigung«, sagte sie.

Dann fand sie endlich den ersten Gang.

Vor dem Haus gegenüber einer Tiefgaragenausfahrt warteten Martin und Sonja im Wagen auf uns. Elke hatte zweihundert Meter entfernt in der Nähe eines Postamts geparkt.

»Ihr könnt fahren«, sagte ich zu Martin.

Sonja, die neben ihm saß, war gerade dabei, das letzte Stück Eiskonfekt aus der Schachtel zu nehmen.

»Kosten?«, fragte sie.

»Nein.«

»Morgen will sie den Vertrag für die Wohnung in Milbertshofen unterschreiben«, sagte Martin.

»Sie kriegen die Wohnung?«, sagte ich.

Sie sagte: »Der Makler rief mich an, ich als Staatsbeamtin sei eine absolute Vertrauensperson, sagt er.«

»Unbedingt«, sagte ich.

»Was jetzt?«, rief Elke von der Haustür aus.

Ich ging zu ihr. Sie wohnte im Erdgeschoß. Vor ihrer Wohnungstür drehte sie sich zu mir um.

»Das ist schäbig, was ich tu.«

Ich sagte: »Ich warte draußen auf der Straße. Sagen Sie ihm, dass ich da bin. Meine Kollegen sind weg. Ich werde ihn zu nichts überreden. Ich misch mich nicht in seine Zukunft ein.«

Daraufhin verließ ich das Haus wieder.

In der Straße gab es ein Restaurant, durch dessen geöffnete Fenster Stimmen und jüdische Musik zu hören waren.

Seltsame Parallelen. Paula Trautwein ging früher anschaffen so wie Elke Schlosser heute, und beide spielten für Grauke eine entscheidende Rolle, beide hatten einen starken Einfluss auf die Wendungen in seinem Leben, und beiden sollte er, auf unterschiedlichste Art, zu einer Veränderung verhelfen, zu einem möglichen Glück. Paula, indem er sie aus ihren verkrusteten Beziehungen befreite, Elke, indem er ihr eine Reise in ein fernes Paradies finanzierte. Und er? Was blieb für ihn übrig?

Ich schaute zur Haustür.

Und da stand er. Breitbeinig, die Hände in den Hosentaschen.

Und er sah völlig anders aus, als ich ihn mir vorgestellt hatte.

Dem Foto nach zu urteilen, das uns seine Frau gegeben hatte, war er ebenso kleinwüchsig wie sie, schmächtig, vielleicht gekrümmt vom unermüdlichen Sitzen auf dem Schemel. Stattdessen war er relativ groß, kräftig, fast dick. Er hatte einen eckigen Kopf mit an den Seiten rasierten Haaren, eine fleischige Nase und hervorstechende schwarze Augen. Er trug ein kariertes Hemd, dessen Ärmel hochgekrempelt waren, was mich an meinen Kollegen Weber erinnerte, dazu eine braune Cordhose und Sandalen.

»Ich bleib hier stehen, dass das klar ist«, sagte er mit heiserer Stimme. Zwischen Tür und Türstock hatte er einen Schuh geklemmt.

Was hätte er benutzt, wenn er Metzger gewesen wäre? Einen Knochen?

»Guten Abend«, sagte ich.

Wir standen uns gegenüber. Mit seiner massigen Statur füllte er den Türrahmen beinah aus.

»Wir haben miteinander telefoniert«, sagte ich.

»Was wollen Sie dann noch?«

Ich versuchte ihn mir vorzustellen, wie er Tag um Tag auf seinem Schemel saß, den Kopf gesenkt, und mit geübten schnellen Handgriffen einen Schuh nach dem anderen reparierte, ungestört, eingebettet in die Bilderwelt von tausend Gedanken.

»Dann richte ich Ihrer Frau aus, dass Sie gesund sind«, sagte ich.

Sein Mund bewegte sich, ohne dass eine spezielle Mimik dabei entstand.

»Ihre Schwägerin wartet darauf, dass Sie sie nachholen.«

»Ist schon recht.«

Vielleicht war seine Stimme nicht davon rau geworden, weil er so viel, sondern weil er so wenig sprach.

»Danke, dass Sie mit mir reden«, sagte ich.

Er schwieg.

Ich wich einer Gruppe junger Leute aus, die aus der Richtung des Lokals kamen. Maximilian Grauke bewegte sich nicht.

»Elke hat mir vom Paradies des Friedens erzählt, auf Moyo Island. Wo ist das?«

»Indonesien«, sagte er.

»Prinzessin Diana war dort«, sagte ich.

Er sagte nichts.

»Werden die zwanzigtausend dafür reichen?«, sagte ich.

Wieder zuckte sein Mund.

»Die offizielle Suche nach Ihnen ist beendet«, sagte ich. »Ihre Schwägerin hat darauf gedrungen, Sie polizeilich suchen zu lassen.«

»Selber schuld«, sagte er. Dann, als wolle er mir einen Gefallen tun, damit ich nicht vollkommen sinnlos mitten in der Nacht auf dem Gehsteig herumstehen musste, fügte er hinzu: »Ich bin freiwillig weg, nicht wegen ihr, sie hat sich das eingebildet. Sie hat gedacht, ich fang mit ihr was an. Sie hat mich bedrängt.«

Wenn ich es im schlechten Licht richtig erkannte, dann gelang ihm jetzt ein Grinsen.

»Sie hat gewusst, ich geh weg. Ich hab die beiden zusammen gesehen, im Bad, wie damals, die Frauen. Davon versteh ich nichts.«

Er verstummte.

»Mich interessiert dieses Paradies«, sagte ich. »Ich verreise nie, aber ich hab einen Kollegen, der sammelt Reiseprospekte, er hat schon ganze Schachteln davon voll. Wir sehen uns die Bilder an und lesen die Texte dazu, das ist alles. Indonesien. Da muss man aufpassen, dass man nicht entführt wird.«

»Blödsinn!«, sagte Grauke. Er nahm die rechte Hand aus der Tasche. »Amanwana. So heißt das Dorf. Ist kein Dorf, ein Zeltlager. Weiße Strände, Wasserfälle, alles grün und tropisch. Himmelbetten, Bäder aus weißem Porzellan, da fehlts an nichts. Das pure Paradies. Und die Böden sind aus Teakholz, die Böden in den Zelten, das hat Stil da, großen Stil. Amanwana. Dschungel des Friedens heißt das. Aber für Elke hätte es das Paradies des Friedens sein sollen.«

»Und für Miriam«, sagte ich.

Er nahm auch die andere Hand aus der Hosentasche.

»Miriam ist tot«, sagte er. »Sie hats nicht geschafft. Aber Elke hätts geschafft, ich hätt ihr das Geld gegeben, die zwanzig Mille hätten gereicht, Hinflug, vierzehn Tage Aufenthalt, Rückflug, da sind noch Spesen übrig. Sie wär hier raus gewesen. Vierzehn Tage sind nicht viel, aber ... aber wenn Sie von so wo zurückkommen, da braucht

Ihnen hier keiner mehr was erzählen von wegen Urlaub und Mallorca und Sylt und so was, mit dem Paradies kann keiner konkurrieren.«

»Sie haben Elke das Geld geschenkt, damit sie an Stelle von Miriam die Reise machen kann«, sagte ich.

»So ist es!«, sagte er. Dann wischte er sich über den Mund. Hinter ihm war ein Geräusch zu hören. Er drehte den Kopf. »Ich komm gleich!«, rief er.

»Das ist ein wunderbares Geschenk«, sagte ich.

»Scheiß auf das Wunder!«, sagte er laut.

Ich schwieg. Er schaute mich an. Vielleicht wollte er jetzt zum ersten Mal seit unserer Begegnung, dass ich ihn etwas fragte. Aber ich fragte ihn nichts. Er schlug mit dem Knie seitwärts gegen den Türrahmen. Ich verschränkte die Arme vor der Brust. Aus einem Fenster im zweiten Stock schaute ein alter Mann herunter. Er rauchte.

Grauke hob den rechten Arm und stützte sich am Türstock ab.

»Elke hat mich zur Bank gefahren«, sagte er. Er starrte mich an, und sein Blick wurde mit jedem Wort finsterer. »Zu diesem Gangster von Vocke. Ich hab mich bei dem extra angemeldet. Das Geld lag parat. Elke hat mir ihren Rucksack geliehen, in den hab ichs reingepackt. Der Vocke hat mich ausgefragt, aber ich hab ihm nichts gesagt. Gangster! Der erfährt nichts von mir. Ich bin wieder raus und noch ein Stück spazieren gegangen. Wenn mich jemand gesehen hätt, den ich kenn, wär ich einfach weitergegangen. Ich hab Lotte verboten, dass sie eine Vermisstenanzeige aufgibt, ich habs ihr verboten. Aber ihre Schwester hat sie natürlich rumgekriegt. Scheiß drauf! Ich hab mir gedacht, ich nehm die Straßenbahn, die fährt ja bis nach Schwabing durch. Und ich wollt mal wieder was von der Stadt sehen. Am Hohenzollernplatz bin ich ausgestiegen. War eine schöne Fahrt. So durch die eigene Stadt, hab ich lang nicht mehr gemacht, wahrscheinlich noch nie. Sonnenstraße, gibts jetzt Fahrradwege, wozu? Die Radler fahren da doch nicht drauf, oder was sagt die Polizei? Das ›Mövenpick‹ ... waren die Baldachine früher nicht rot? Angeblich haben sie dort ein gutes Eis. Ist nichts für mich. Barerstraße, das renovierte Lenbachpalais, macht Eindruck. Pinakothek. Der alte Mehr hat seine Wirtschaft immer noch, manches ist unvergänglich in dieser Stadt. Am Hohenzollernplatz bin ich ausgestiegen.«

Er machte eine Pause. Nahm den Arm runter, blies Luft durch die geschlossenen Lippen, warf einen Blick auf den Schuh unten in der Tür und trat von der Schwelle auf den Bürgersteig.

»Ich hab gedacht, ich setz mich auf eine Bank beim Brunnen und genieß die Sonne. Die kommt ja nicht von selber in meine Werkstatt, so verbiegen kann die sich nicht, die Sonne. Ich sitz also da und dann such ich auf einmal den Rucksack. In hab extra noch geübt, wie ich den am besten trag. Und in der Bank hat das nicht geklappt, ich wollt auch nicht, dass mir die Leute zuschauen. Der Rucksack war weg! Ich hab ihn in der Tram vergessen. Zwanzig Mille drin. Mir hing das Herz zum Arsch raus. Ich hab sofort den nächsten Bus abgefangen und dem

Fahrer gesagt, er soll in der Zentrale anrufen, damit die dem Fahrer in der Tram Bescheid sagen. Haben die auch gemacht. Geben Sie einen Rucksack zurück, wo zwanzig Mille drin sind? So blöd ist niemand. Was sagen Sie dazu? Was sagen Sie dazu? Ich bin zu blöd, um mit der Straßenbahn zu fahren. Ich bin so lang nicht mehr in einer Straßenbahn gesessen, dass ich den Rucksack da vergess. So blöd ist niemand. Früher sind die Damen Schlange gestanden und haben gewartet, bis ich ihre Absätze fertig hatte, die haben mich immer gefragt, wie ich das schaff, und ich hab gesagt, ich schlaf daheim. In der Meisterprüfung damals hab ich einen Haferlschuh gefertigt mit einer Lederbrandsohle drauf, innen ohne Futter natürlich, damit Sie die Schuhe auch gut barfuß anziehen können. So ein Schuh ist ewig strapazierfähig und elegant dazu. Aber ich bin zu blöd, um mit der Straßenbahn zu fahren. Das kommt davon.«

»Wovon?«, sagte ich.

Er sagte: »Vom Rausgehen. Anstatt dass man da bleibt, wo man hingehört.«

Er starrte mir ins Gesicht. Ich stand höchstens einen halben Meter von ihm entfernt.

»Ich hab mir überlegt, ob ich den Rest auch noch abheb, ich hab noch zwanzig Mille auf dem Konto. Aber das geht nicht. Die gehören Lotte. Das hab ich ihr versprochen. Versprochen! Was nützt das, wenn Sie was versprechen und können es nicht halten? Was nützt das? Gar nichts. Elke hat ihrer Freundin auch versprechen müssen, dass sie statt ihr ins Paradies fliegt, weil Miriam nämlich todkrank war, die hat am Schluss so wenig gewogen, hat Elke erzählt, dass der Storch sie im Schnabel wieder hätt mitnehmen können. Paket zurück. Ha! Es hat sich ausgewundert.«

Er schwieg.

Der alte Mann im zweiten Stock schloss krachend das Fenster.

»Gehen Sie nach Hause zurück?«, fragte ich.

»Kein Kommentar.«

»Was haben Sie vor?«

»Kein Kommentar.«

Er streckte mir die Hand hin. Die Nägel waren abgebrochen, die Finger von Narben übersät.

»Auf Wiedersehen, Herr … Ihren Namen hab ich vergessen.«

»Spielt keine Rolle«, sagte ich.

Er bückte sich, um den Schuh aufzuheben.

»Jan Schuster«, sagte ich. »Straße und Beruf. Und Tinaweg und Eichenlohe?«

Sein verschobenes Lächeln erinnerte mich an das seiner Frau bei unserer ersten Begegnung.

»Tina heißt ein spezielles Messer«, sagte er.

»Und warum Nummer 7?«

»Tinaweg hat sieben Buchstaben.«

Ich schaute zu Boden.

»Mit einer Eichenlohe-Grubengerbung gewinnt man das beste Leder«, sagte er. »Die Postleitzahl 72831 ist die Bestellnummer im Katalog.«

Er wischte sich über den Mund.

»Ich sag Ihrer Frau, dass Sie nicht wieder vorhaben, sich umzubringen.«

»Das ist die Wahrheit«, sagte er und stemmte die Hand gegen die zufallende Tür.

Dann klopfte er leise mit dem Schuh in seiner Hand gegen die Tür. »Damals ... ich weiß gar nicht, ob ich mich da aufhängen wollt ... Wenn die geduldige Frau Mrozek nicht gewesen wär ... Schwer zu sagen ... Ich hätt es mir vielleicht trotzdem überlegt ... Der Ärger, den die Lotte dann wegen mir gehabt hätte, und ... ist ja auch peinlich, so ein ausgewachsener Mann, der tot am Baum baumelt ...«

Noch einmal klopfte er mit dem Schuh gegen die Tür, betrachtete ihn, wandte sich ab.

»Ja?«, sagte ich.

Er zögerte, in den Hausflur zu treten. Stattdessen drehte er sich noch einmal zu mir um.

»An dem Sonntag, als ich weg bin«, sagte er, »hat Lotte Tee gekocht, wie immer. Sie hat das Tablett genommen, wie immer. Ich war im Wohnzimmer. Sie kam rein und ich bin erschrocken, weil ich gedacht hab, sie stößt mit dem Tablett gegen den Türrahmen und alles fällt runter und sie ist sauer deswegen und ... und schämt sich womöglich ... Da hab ich gedacht, wenn wir noch älter sind, wird so was passieren. Und dann bücken wir uns umständlich, und es dauert ewig, bis wir das Zeug aufgewischt haben ... Ich hab gedacht, das möcht ich nicht, ich möcht das nicht mit ansehen ...«

Ich wartete einen Moment, dann sagte ich: »Aber Sie

wollten doch mit Elke gar nicht mitfliegen, Sie wollten ihr die Reise nur schenken.«

»Ja«, sagte er. »Ja, ja.«

Dann drehte er sich um, ging in den dunklen Hausflur und die Tür fiel zu.

Ich stand da, an derselben Stelle wie vor einer halben Stunde, die Arme verschränkt, in der Stille.

Von weitem sah ich die Straßenbahn kommen. Als sie die Haltestelle fast erreicht hatte, winkte ich Ute zu, die an ihrem Platz in der Kabine saß. Sie winkte zurück und drückte auf die Klingel.

Die Türen gingen auf.

»Wir sehen uns morgen«, sagte ich zu ihr.

Sie musste weiterfahren, und ich sah der blauen Bahn hinterher.

Ich ging zu Fuß nach Hause. Quer durch die nachtwache Stadt.

Hauptkommissar Süden sucht Verschwundene – und erfährt ungeahnte Geheimnisse

Tabor Süden und seine Kolleginnen und Kollegen von der Vermisstenstelle des Dezernats 11 sind Ani-Lesern bereits in verschiedenen Büchern des von der Kritik gefeierten Autors begegnet. Nun stehen Kommissar Süden, Sonja Feyerabend, Martin Heuer und deren Team im Mittelpunkt einer Romanreihe.

Es sind Geschichten über die Sehnsucht von Männern und Frauen, die gern ein neues Leben anfangen würden, ein besseres, schöneres. Und wer kennt nicht den Wunsch, alles liegen und stehen zu lassen und einfach abzuhauen, dieses Verlangen nach Veränderung, nach einem Neuanfang, nach etwas Unerhörtem.

Erzählt werden die Geschichten von Tabor Süden selbst, in einem lakonischen Ton, der manchmal nicht frei ist von Melancholie – ganz so, wie es seinem Charakter entspricht.

Als nächste Bände folgen:

Süden und der Straßenbahntrinker
Süden und die Frau mit dem harten Kleid
Süden und das Geheimnis der Königin

Knaur